코리안 타로카드

KOREAN CULTURAL HERITAGE TAROT CARD

칼리 지음

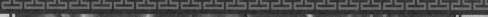

당그래

코리안 타로 카드

칼리 지음

초　판 1쇄 발행 2014년 07월 25일
개정판 1쇄 발행 2022년 12월 25일

펴낸이 | 이춘호
펴낸곳 | **당그래출판사**
출판등록일(번호) | 1989년 7월 7일(제301-2005-219호)
주소 | 100-250 서울시 중구 퇴계로32길 34-5(예장동)
대표전화 | (02) 2272-6603
팩스번호 | (02) 2272-6604
homepage | www.dangre.co.kr
e-mail | dangre@dangre.co.kr
ISBN | 9788960460430*33180
값 30,000원 (22장의 코리안 타로카드를 포함한 가격)

ⓒ 칼리

Korean Cultural Heritage Tarot Card

이것은 한국의 문화와 전설, 이야기와 특별한 전통을 담은 타로 카드입니다. 역사상 실존하는 것들과 신화로 남은 이야기들 중에서 타로카드의 의미와 맞는 흥미로운 것들을 엮어 만들었습니다.

어떤 것은 현대의 실생활과도 깊게 연관되어 있어 누구나 알고 있는 이야기입니다만, 다른 것은 오래된 옛이야기로 우리의 기억 속에서도 지워져 버린 것들입니다. 삶과 죽음, 영웅과 희망의 이야기가 지금 타로카드로 시작됩니다.

About Korean Cultural Heritage Tarot Card

질문을 하고 싶어도 궁금한 것을 어떻게 물어야 할 지 모르는 사용자를 위해 응용이 가능한 열 두 개의 질문과 그 응답을 실은 타로 카드입니다.

낯선 서양식의 그림이 아닌, 익숙한 우리의 문화에서 잘 알려진 것들을 모아 만들어진 특별한 카드입니다. 뜻을 보지 않아도 그림만으로 느낌과 감정을 전달받을 수 있을 것입니다.

소망의 실현, 인간관계, 상황의 판단, 돈과 일, 그리고 사랑에 대한 질문과 각 카드의 응답을 통해 궁금증을 해소하고 판단을 내릴 때 도움이 되도록 합니다. 초보자의 경우는 한 장의 카드만으로 질문의 답을 얻을 수 있도록 고안되었습니다.

숙련된 사용자를 위해서는 깊게 생각하고 유추할 수 있도록 짧은 키워드나 한 줄 읽기를 제외하였고 책을 읽는 독자의 정서적 환기와 명상의 힌트를 위해 그림의 상황과 의미에 대한 자세한 설명을 덧붙여 두었습니다.

목 차

22장 카드의 의미와 설명

12가지 질문을 위한 22 카드의 답

카드에 가장 많이 물어보는 질문을 모아서 12가지를 기재했습니다. 궁금한 것이 생기면 질문을 골라 카드를 섞어 한 장 뽑은 다음 질문에 해당하는 카드가 몇 페이지에 있는 지 찾아서 읽으면 끝. 바로 응답을 찾을 수 있습니다. 카드를 섞는 방법에는 여러가지가 있습니다. 섞이기만 하면 상관없습니다. 편한 방법대로 해주세요.

자신의 질문과 가장 비슷한 것을 고르시면 됩니다. 12 가지 질문은 이렇습니다.

Q. 나는 재능이 있을까요? Q. 사람들은 나를 믿을까요? Q. 잘 될까요? Q. 내가 잘못한 것일까요? Q. 하고 싶은 것이 있는데 해도 될까요? Q. 언제쯤 금전 운이 좋아질까요? Q. 그(또는 그녀)가 나를 사랑할까요? Q. 시험에 합격할까요? Q. 새로운 인연이 생길까요? Q. 나는 무엇을 하면 좋을까요? Q. 관계를 회복할 수 있을까요? Q. 끝낼 수 있을까요?

이제 답을 찾을 차례입니다. 아래의 색인에 따라 찾아가시면 응답이 있습니다. 이것으로 해석이 끝납니다. 그때그때 즉각적인 해석을 찾아 활용해주세요.

Q. 나는 재능이 있을까요?

Q. 사람들은 나를 믿을까요?

Q. 잘 될까요?

Q. 내가 잘못한 것일까요?

Q. 하고 싶은 것이 있는데 해도 될까요?

Q. 언제쯤 금전 운이 좋아질까요?

Q. 그(또는 그녀)가 나를 사랑할까요?

Q. 시험에 합격할까요?

Q. 새로운 인연이 생길까요?

Q. 나는 무엇을 하면 좋을까요?

Q. 관계를 회복할 수 있을까요?

Q. 끝낼 수 있을까요?

카드를 사용하는 방법은 여러가지가 있습니다. 카드와 친해지면 더 많은 카드를 사용해서 해답을 얻을 수 있게 되지만 처음에는 한 장을 읽는 것이 가장 정확하게 카드를 읽는 방법입니다.

카드를 골랐는데 내가 선택한 질문의 해답이 아닌 경우도 있습니다. 이런 경우에는 질문을 세 번 마음 속으로 생각한 다음 카드를 다시 섞어서 뽑아주세요. 다른 생각을 하거나 복잡한 일이 있을 때는 가장 중요한 일과 관련된 카드가 나타나기도 합니다. 이럴 때는 질문에 집중해서 다시 카드를 선택하면 됩니다.

질문을 고르고 카드를 섞어 한 장을 고른다음 페이지를 찾아 읽는 것만으로도 카드를 사용할 수 있도록 만들었습니다. 편안하게 카드를 즐겨주시기 바랍니다.

0. 才人 재인

광대라고도 알려진 재인들은 신분이 세상의 중심이던 시대에 지위를 막론하고 만날 수 있던 예능인이었습니다. 그들은 크고 작은 행사가 있을 때마다 잔치가 즐겁도록 유희를 도맡아 행했다고 합니다. 창이나 소리를 하고 재주를 넘거나 연극을 하는 것도 이 재인들이었습니다. 광대라는 이름도 있지만 광대보다는 재인이라는 이름이 더 어울리는 진기한 사람들입니다. 봄, 여름에는 물고기를 잡아 천렵을 하고 유랑을 하며 삶을 유지하였습니다.

이들은 대중의 마음을 높은 사람에게 전하는 역할도 하였습니다. 비밀이 있는 사람들은 관청보다 이들의 뼈있는 노랫말을 더 두려워했다고 합니다. 때로는 자유로운 재인의 삶을 이용해 간자間者가 숨어 함께 이동하기도 하였기 때문에 누명을 쓰고 몰살당하는 경우도 있었습니다.

가장 낮은 신분을 가졌으나 누구보다 자유로운 예술인들로 세상을 초월한 삶을 살았습니다. 남사당패들은 각기 전문분야에 따라 무형문화재로 지정되기도 했는데 그 중에서도 그림 속의 줄광대는 중요무형문화재 58호입니다.

그림설명

세 개의 나무를 엇대어 만든 세발 기둥 위에 서 있는 것은 줄광대입니다. 줄 아래에 위치한 사람들은 어릿광대와 관객들입니다. 대부분의 놀이는 모든 광대들이 함께 어우러진 것이었으나 줄타기만큼은 줄광대의 독무대로 모든 광대들이 지켜보는 가운데 이루어졌습니다. 줄광대는 가장 화려한 옷을 입고 줄 위에 서 있습니다. 그의 아슬아슬한 모습을 보며 모든 사람들이 숨을 죽입니다. 이제 그가 기둥에서 벗어나면 자유롭게 놀기 시작할 것입니다. 그러나 그 마지막 한 발을 내딛는 것이 힘이 듭니다. 망설임을 떨치고 나면 모든 것을 잊고 하늘을 날게 될 것입니다.

1. 匠人 장인

어린 시절부터 차근차근 기술을 배워나가 한 몫의 일꾼이 되었을 때될 수 있는 것이 장이였습니다. 그들에게 필요한 경험과 지식은 아버지에게서 아들로 대를 이어 전해지거나 스승에서 제자를 통해 이어졌습니다. 배웠다고 끝나는 것이 아니었습니다. 배운 지식을 경험과 연습을 통해 기술을 완성해 한 명의 일꾼이 되었을 때야 비로소 장이라고 불리게되는 것이었습니다. 이 장이들을 한자로 **장인 匠人**이라고 합니다.

이들 중에 야장冶匠이라고 불리는 뛰어난 기술을 가진 사람들이 있었습니다. 이들은 물과 불과 흙과 공기를 다루어 도구를 만들어내는 일을 하였는데 이들이 우리가 알고 있는 대장장이입니다. 헌 것을 새로이 만들 수 있는 기술을 지녔고 불을 두려워하지 않아, 모르는 자들에게는 경이로운 존재였습니다. 불과 흙과 공기가 결합하여 순수한 철을 만드는 과정이 신비했고 붉게 타오르는 철의 덩어리가 모양을 이루는 과정이 형언할 수 없을 만큼 아름다웠기 때문이라 전해지고 있습니다. 우리나라는 칼의 나라가 아닌 예의 나라였기에 놋기 등을 제작하는 장인들과는 달리 도검장의 맥은 끊긴 상태였으나 현재 백제시대부터 이어진 전통도검의 제작기법이 복원되고 있습니다.

역사 속에서는 신라의 제 4대왕인 탈해왕昔脫解이 최초의 야장이라고 기록하고 있습니다.

그림설명

불이 타오르는 화로의 옆에는 담금질을 위한 단지가 놓여있습니다. 그는 집게로 수메가 달린 부분을 잡고 메질을 하고 있습니다. 풀무질과 메질이 수 없이 반복되고 나서야 하나의 철기가 완성되는 것입니다. 그는 금을 받고도 완성되지 않은 검을 내놓지 않습니다. 검은 장인의 혼과 무사의 혼이 함께 담기는 그릇이기 때문입니다. 오랜 작업에 지켜보는 사람들은 답답해할지 모르지만, 완성된 검은 자신을 때리는 메질에 영혼을 울리는 소리로 대답할 것입니다. 그는 때를 기다리는 중입니다.

2. 捨姬 사희

바리데기 공주, 또는 사희공주라고 불리는 바리공주는 일곱 번 째 공주로 왕자를 원했던 아버지에 의해 버림받았습니다. 바리라는 이름 또한 버려졌다는 의미입니다. 바리공주를 버린 임금이 의원들도 원인을 알 수 없는 병에 들어 위중한 상태에 빠졌을 때 예언가가 임금에게 전설의 명약을 가져와야만 임금을 살릴 수 있다고 말합니다. 왕은 자신의 딸들에게 전설의 명약에 관해 이야기하였지만 여섯 공주가 차례차례 떠나기를 거절하였습니다. 죽을 날 만을 기다리는 처지가 된 왕을 바리공주가 찾아옵니다. 왕은 자신이 버린 바리공주에게 약을 구해달라고 청할 수 없었지만 바리공주는 스스로 험난한 여행길로 떠날 것을 자처

합니다.

스스로 저승으로 갔다하여 저승과 이승의 중간에 속하는 무당들의 수호신이며 49재에 모시는 신입니다. 버려져서 물을 건너 용궁에서 자랐고 이승으로 나왔으나 약속을 지키기 위해 다시 저승으로 돌아가 일곱 아들을 낳은 후 스스로 최초의 무당이 된 것으로 알려져 있습니다.

바리공주는 인간이나 수호신이 되어 사령제死靈祭에 중심으로 모시는 여신이 되었습니다.

그림설명

하늘은 어둡고 구름이 끼어 있습니다. 반대로 그녀의 발아래는 밝고 하얗습니다. 바리는 공중에 떠 있습니다. 하늘에는 바리가 돌아올 때 소식을 알렸다는 까치가 함께 날고 있습니다. 이것은 앞으로 다가올 좋은 소식입니다. 바리가 두르고 있는 검은 천과 하얀 천은 떠난 자를 낚아오는 것인데 검정은 육체를, 흰색은 영혼을 감아 데려오는 것입니다. 영과 육체를 모두 살릴 수 있는 그녀의 능력을 상징하는 것입니다. 머리에 꽂은 세 송이의 꽃은 각각 영혼과 숨, 육체를 살리는 것으로 그녀가 저승 여행을 통해 얻게 된 것입니다. 기도하듯 눈을 감고 두 손을 모은 자세로 그녀는 목적지에 도착하기를 기다리고 있습니다.

3. 皇后 황후

'내가 조선의 국모다.'

1895년 일본의 자객들이 궁궐에 침입해 궁궐의 나인들을 살해하고 **명성황후**를 살해한 후 시신에 불을 붙여 훼손한 사건이 을미사변乙未事變입니다.

명성황후에 대해서는 영혼을 꿰뚫을 수 있을 만큼 날카로운 눈매의 소유자로 가냘픈 몸매와 여린 외모와는 반대로 야심 있고 똑똑한 여인이었다고 전해집니다. 세상의 지식을 배우는데 망설이지 않았고 국모로

서 나라의 이익을 위해 전심을 다하는 외교관이기도 했습니다. 그러나 이런 긍정적인 평가는 모두 러시아나 서양의 기록으로 남아있으며 가까운 나라인 일본의 기록에는 일본인 자객들에 의해 처참하게 치욕을 당한 후 살해당한 비운의 왕비로 남아있습니다.

향원정의 녹원에서 시신조차 불타 사라졌어도, 죽을 때까지 국모였던 명성황후는 조선시대 마지막 임금인 순종의 어머니로 쇄국의 시대였던 조선말기에 서양의 문물을 주도적으로 유입하고자 했던 개혁파 여성이었습니다. 비판의 시각은 남아있으나 그녀가 남긴 세력들을 힘으로 삼은 고종이 조선의 마지막 대한제국이라는 이름을 세울 수 있었다는 사실은 변하지 않습니다.

명성황후明城皇后는 철종2년 태어나 고종 32년에 사망한 조선 26대 왕 고종의 왕비로 45세에 생을 마쳤습니다.

그림설명

입고 있는 것은 황후의 법복인 치적의입니다. 소매에는 금실로 봉황을 수놓았고 부귀와 영화를 상징하는 다양한 꽃과 나무를 옷 전체에 화려하게 입힌 것이 특징입니다. 머리에 쓴 것은 칠적관입니다. 양쪽에 드리운 것은 황후의 상징인 봉황잠인데 이것은 왕이 혼인시 왕비에게 직접 하사하는 예물입니다. 배경에 그려진 것은 황후의 상징인 모란입니다. 어깨에 두른 것은 하피인데 검은 바탕에 금수로 운하적문雲霞翟紋을 놓았습니다. 그녀의 눈동자는 남겨진 기록에서처럼 날카롭고 이지적입니다. 그녀는 아직도 자신의 나라를 지켜보고 있을 것입니다.

4. 皇帝 황제

왕의 은혜가 하늘에 닿고 그 위엄과 기개가 온 세상에 떨치니 나쁜 무리를 쓸어 없애 모든 백성이 평안함을 누렸다.

나라가 강하고 부유하여 땅에는 곡식이 흘러넘쳐 태평성대를 이루던 어느 날, 하늘이 백성이 원하던 그들의 왕, 영락대왕을 39세에 하늘로 불러올렸다.

가장 부강했던 시대, 18세의 어린나이에 왕위에 올라 좁은 땅이 아닌 너른 들판을 달렸던 전장의 왕, 정복의 왕인 **광개토대왕**國岡上廣開土境平

安好太王국강상광개토경평안호태왕의 비문에 새겨진 내용입니다.

수레가 달리면 적군이 달아나고 삼족오의 깃발이 휘날리면 성을 비웠다고 전해지는 왕의 전설입니다. 이렇게 역사상 가장 넓은 영토를 지닌 광개토대왕은 삼국사기에 따르면 날 때부터 활달한 모습을 보였으며 체구가 컸다고 합니다. 삼국사기에도 등장하는 광개토대왕의 해상정복역사는 신라와 일본과의 싸움에 광개토대왕이 군사를 보내자 고구려군의 깃발만 보고도 도망을 갔다는 일화 등으로 비문에도 남아 새겨져 있습니다.

374년 태어나 412년 세상을 떠난 광개토대왕은 391년에서 412년까지 12년 동안 재위하였으며 가장 평화로운 시대, 가장 번영했던 시대의 왕으로 영원히 남을 것입니다.

머리가 두개. 다리가 세 개인 삼족오는 대륙의 정벌을 기치로 삼았던 고구려의 상징으로 고분벽화등을 통해 남아 있습니다.

그림설명

불꽃과도 같은 적색의 털로 장식된 투구와 깃발은 모두 같은 방향으로 흔들리고 있습니다. 고구려군은 상징처럼 불과 연기로 공격을 했다 전해집니다. 바람의 방향을 쉽게 알기 위해 투구에는 길게 늘어진 장식물을 사용하였습니다. 앞장 서 있는 광개토대왕은 한 자 이상 키가 커 보이는데 날 때부터 건강하여 남들보다 컸다는 기록처럼 위풍당당합니다. 갑옷과 깃발에는 모두 삼족오가 그려져 있습니다. 이 삼족오가 나타나면 하나도 남김없이 죽는다고 하여 지금도 적군에게는 멸망과 죽음의 상징으로 아군에게는 승리의 상징으로 남아있습니다.

5. 神仙 신선

THE HIEROPHANT

　전설 속에서 **신선**은 가난한 나무꾼에게 자신의 금도끼 은도끼를 한
꺼번에 선물하는 너그러운 존재입니다. 불로불사의 힘을 가지고 있고
나쁜 마음을 품은 사람은 만나려고 해도 만날 수가 없는 신비한 힘을 가
진 능력자입니다. 나라가 어둡고 혼란스러울 때 나타나 영웅들에게 예
언을 해주는 것은 물론 세상을 시끄럽게 하는 사람이나 동물을 데리고
산속으로 홀연히 사라지는 존재입니다. 신선을 수호하는 동물로는 호랑
이와 곰이 대표적입니다.

　호랑이와 곰이라면 단군 왕검의 신화 중에서 백일동안 마늘과 쑥을

먹고 동굴 속에서 참선하여 아름다운 여인이 되었던 웅녀의 설화가 잘 알려져 있는데 이 웅녀가 하늘에서 내린 환웅사이에서 태어난 아들이 고조선의 첫 임금인 시조 단군입니다.

  신선은 설화 속에서 세상에 큰 공을 세운 영웅이 산속으로 홀연히 사라져 신선이 되거나 하늘에서 인간을 위해 내린 신의 두 가지 형태로 존재합니다.

그림설명

  신선이 앉은 자리 아래에는 불로초가 돋아나 있습니다. 곰은 느긋하게 자리를 잡고 편안한 모습입니다. 호랑이는 신선에게 세상의 일을 보고하는 중입니다. 불로불사를 상징하는 소나무의 아래에 신선은 높은 산꼭대기에서 세상을 굽어보고 있습니다. 손에 든 부채는 바람風을 일으키는 것으로 가뭄이 들었을 때 구름을 움직입니다. 지팡이에 매달린 붉은 천은 능력을 상징합니다. 나무의 뿌리로 만든 지팡이는 오랜 세월 동안 나무뿌리가 자라며 만들어진 것으로 신선의 상징입니다. 그는 세상을 지켜보고 있습니다.

6. 戀人 연인

작자미상의 소설인 춘향전의 주인공들로 **한국의 로미오와 줄리엣으로 불리는 연인**들입니다. 판소리 12마당중 하나로 판소리로 공연되고 있습니다.

관비官婢로, 정확히는 술자리의 기생의 딸인 성춘향의 미래는 밝지 않았습니다. 당시에는 부모의 직업과 신분이 자녀에게 대물림되었기 때문입니다. 반대로 이몽룡은 사또의 집안으로 한양사대문 이내에 본가가 있는 대갓집이었다고 합니다. 또한 재능이 뛰어나 집안의 관심을 한 몸에 받는 아들이었습니다.

봄꽃의 장난이었는지 우연한 기회에 만나게 된 두 사람은 자신의 신분을 알았던 춘향의 거부에도 실망하지 않고 사랑을 끊임없이 고백한 몽룡의 노력에 의해 이루어집니다.

　여느 연인들처럼 운명이 그들을 갈라놓지만 법에 의해 강제로 자신의 정절을 포기해야 하는 춘향이 혀를 깨물고 자결하려는 순간 이몽룡이 그녀를 살려냅니다. 그리고 그들은 행복하게 살았다는 이야기가 전해집니다.

그림설명

　주변을 핑크빛으로 물들이고 있는 것은 벚꽃입니다. 4월에 피기 시작해 6월부터 열매를 맺는 나무로 이미 완성된 연인을 의미하게 됩니다. 배경에 보이는 황금색의 산은 풍요와 결실의 시기를 상징하는데 먼 곳에 있기 때문에 앞으로 갈 길이 멀다는 것을 보여줍니다.

　연인이 입고 있는 것은 아직 성인의 옷이 아닌 청소년의 것으로 이들은 아직 혼례를 올린 상태가 아닙니다. 춘향의 머리는 비녀를 사용해 머리를 올리지 않은 미혼여성의 것이며 몽룡 또한 상투를 올리지 않고 복건을 썼습니다. 연인은 아직 고난의 시기를 겪기 전의 모습입니다. 행복해 보이지만 갈 길은 멀고 서로를 사랑해 떨어지지 않으려고 하지만 도와주는 사람 없이 둘 뿐입니다.

7. 戰車 전차

신기전神機箭은 1300년대 말 고려시대에 시작되어 1448년 완성된 조선시대의 로켓추진 발포무기입니다. 당시 신기전의 개발을 두려워한 적대국의 방해가 이어졌으나 세종대왕의 노력으로 개발에 성공했다고 전해집니다.

이것은 세계적으로 손꼽히는 전통적인 로켓무기로 문헌에 따르면 소신기전, 중신기전, 문종화차, 산화신기전이 존재했다고 합니다. 그중 산화신기전은 기록상 세계최초의 2단 로켓입니다.

그림 속의 모습은 1474년 편찬된 국조오례사례의 병기도설에 남아있는 상세설계도에 남아있는 형태를 바탕으로 한 것으로 2009년 말 복원된 모습을 기본으로 그렸으며 모습은 문종화차에 가깝습니다.

안타깝게도 실물이 남아있지 않아 보물이나 국보로 지정되어 있지 않습니다.

한번 쏘면 백 여발의 화살이 한꺼번에 날아가 멈출 수 없는 신기전이 발사되고 있는 모습입니다. 화약을 추진체로 사용하는 각각의 신기전은 회전하며 목표물을 향해 날아갑니다. 목표를 향해 돌진하는 저돌적인 태도와 빠른 속도를 상징합니다.

또한 신기전은 멈출 수 없고 되돌릴 수 없다는 의미도 가지고 있습니다. 한 번 시작하면 화약이 모두 타 꺼질 때까지 타오르는 신기전의 특성 때문입니다.

그림 속의 신기전은 한 대가 아닙니다. 무시무시해 보이는 신기전이지만 선제공격이외의 목적으로 쓰기에는 어려웠기 때문에 한 번에 확실히 공격하기 위해 여러 대가 한꺼번에 사용되었다고 합니다. 여러 대가 세워진 문종화차는 의지나 빠른 속도만으로는 목적을 이룰 수 없고 같은 힘을 가진 여럿이 모여야만 이룰 수 있다는 뜻이 됩니다.

8. 法典 법전

법은 문서화를 통해 완성된다고 하는데 이것을 성문법이라고 합니다. 법은 사람마다 다르게 적용되는 것이 아니라 공평해야 하며 그 기준을 명확히 해야 합니다. 때문에 문서로 적어두는 것입니다.

조선시대에는 이 법을 관리만이 알 수 있었는데 **법을 적어두는 문서**가 우리나라 말이 아닌 한자로 되어있어 법이 공표가 되어도 백성들은 알 수 없었다고 합니다. 이러한 이유로 훈민정음이 반포됩니다.

훈민정음 서문의 내용에는 나랏말이 중국과는 달라 백성들에게 전달되지 않았기 때문에 스물여섯자의 글자를 새로 만들게 되었다고 적어두고 있습니다.

우리의 한글은 세계최초로 한 국가의 왕이 주도하여 제작되고 발표된 문자입니다. 뜻글자가 아닌 소리글자로서의 의미를 가지고 있습니다. 한글은 백성에게 두루 뜻을 펴고자 했던 왕의 백성에 대한 사랑을 담고 있습니다.

한글의 사용에 대한 설명서인 훈민정음예의본과 훈민정음해례본은 목판본이며 1962년 국보 제 70호로 지정되어 있습니다.

그림설명

세종대왕은 젊은 선비들의 도움을 받아 새로운 정책을 펴는 것을 좋아해 늘 경연에 빠지지 않았다고 합니다. 그림의 장면은 훈민정음 창제시의 세종대왕의 모습으로 집현전의 학자들과 경연을 하는 장면입니다.

장소는 집현전이 아닌 편전입니다. 세종대왕은 학자들이 자신들이 연구를 마친 후에 왕 앞에 모여 자신들의 결과를 발표하고 토론하여 결론을 도출해 내는 과정을 거치도록 했습니다. 세종대왕이 정치는 물론 생활과학에 이르기까지 장르를 망라한 지식의 토론을 즐겼기 때문입니다. 이 토론과 연구의 과정을 통해 훈민정음도 발표된 것입니다.

훈민정음은 소리를 형태로 표현한 글자입니다. 학자들과 세종대왕은 모든 소리를 직접 시연하고 연습해 완성했다고 합니다. 법은 이처럼 많은 사람의 노력을 통해 만들어지는, 많은 사람에게 공평하게 적용되도록 만들어진 규칙입니다.

9. 隱人 은인

세상을 등지고 유랑을 하며 살아가던 선비들이 있었습니다. 모시던 왕의 죽음으로 낙향하거나 세상의 혼돈을 탓하며 정계로 나서지 않던 사람들이 그들입니다. 이들은 얼굴을 감추고 낡은 보퉁이 하나만을 가진 채 세상을 떠돌며 살았습니다.

나라가 위험에 처하거나 힘든 사람을 만나면 이들은 자신들의 지혜와 힘을 다하고 나서 다시 삿갓을 쓰고 떠났습니다. 사례도 받지 않고 이름도 남기지 않았습니다. 지나가던 거사라고만 말하고는 사라졌지요. 이 **거사들이 은인隱人**입니다.

이들은 자신을 위해서는 아무것도 누리지 않았습니다. 능력을 발휘할 수 없는 세상에 태어난 운명에 대한 원망이었을까요? 아니면 체념이었을까요.

은인은 아무것도 가지지 않고 어디에도 머무르지 않던 사람들, 자신의 욕심을 내려놓고 때를 기다리며 살던 사람들입니다. 지금 세상의 혼돈을 잠재워 줄 은인들이 나타난다면 참 좋겠지요?

그림설명

삿갓을 쓰고 흰 도포를 입은 나이와 성별을 알 수 없는 사람이 구름이 드리워진 높은 산봉우리에 서 있습니다. 그가 이곳에 오기까지 넘어온 많은 산들이 등 뒤에 있습니다. 그러나 이곳도 머무를 곳은 아닙니다.

그의 발은 구름에 가려 있고 그가 나아갈 길도 보이지 않습니다. 그의 앞날은 불투명합니다. 그는 삿갓으로 눈을 가리고 밝은 세상을 보지 않습니다.

그의 손에 든 지팡이는 모양을 만들어 낸 것이 아니라 세월을 담은 나뭇가지 그 자체입니다. 불로초와 구름을 닮은 이것은 오랜 세월과 장수의 상징입니다.

그의 앞에 드리워진 그늘은 소나무입니다. 소나무는 수호와 절개의 상징입니다. 나라를 수호하고 한 임금에게 충성을 다하기 위해 자신을 버린 사람을 위한 나무입니다.

10. 單子 단자

청색과 홍색의 비단으로 감싼 **사주단자四柱單子** 안에는 사주팔자와 함께 혼인과 관련된 적바림이 들어있습니다. 혼인을 통해 양가를 오갈 물품의 목록과 혼인의 날짜 등을 적은 혼서지입니다.

사주단자 안에는 신랑의 생년, 월, 일, 시와 함께 신부 집안에 보내는 예물이 들어있습니다. 신부를 꾸밀 적색과 청색의 채단采緞과 금은보석을 넣었는데 결혼 전에 이것을 싣고 신랑과 친구들이 방문하는 납폐행사가 있었습니다. 신부가 함을 받는 날입니다.

이 함에는 신부와 신랑의 행복한 미래를 기원하는 의미의 상서로운 것들도 넣었습니다. 자손의 번성을 기원하는 목화씨앗이 든 분홍주머니, 서로 참으며 살라는 찹쌀이든 파랑주머니, 귀한사람이 되라고 넣는 노란 콩이든 노랑주머니, 잡귀를 쫓는 팥이든 빨강주머니, 서로에게 절개를 지키도록 기원하는 수수가 든 연두주머니입니다. 이렇게 다섯 가지의 곡물이 든 오방주머니와 금슬을 상징하는 기러기가 들어있습니다. 단자는 타고난 운명과 함께 미래의 행복에 대한 기원을 담은 상자입니다.

그림설명

여섯 가지의 천이 깔린 바탕 위에 사주단자가 놓여있습니다. 하얀 것은 함진아비의 끈인데 이것은 첫아이의 기저귀를 만드는 것으로 이를 위해 무명천을 선택합니다. 이 무명천은 묶지 않고 엮어 모양을 만드는데 한필을 온전히 사용합니다. 가로막는 일없이 부부의 운이 술술 풀리라는 의미입니다.

배경에는 혼인을 축하하는 예물로 사용하는 채단들이 늘어져 있습니다. 오방색五正色 중 북방을 상징하는 검정색을 제외한 빨강, 파랑, 노랑, 흰색과 함께 오간색 중 초록을 사용하였는데 검정색은 북방을 상징하고 저승을 의미하기 때문에 사용하지 않았습니다. 좋은 기운은 모두 받고 나쁜 기운은 받지 말라는 뜻 입니다.

함을 장식한 노리개의 매듭에는 방울이 달려있습니다. 귀신이 먼저 열어 부부의 사주를 알고 방해하는 것을 막기 위한 것입니다. 단자는 겹겹이 싸여 전달됩니다. 새로 시작하는 그들의 운명이 귀하고 소중한 것이기 때문입니다.

11. 對抗 대항

우리는 불의를 만나거나 큰 적과 만났을 때 온 힘을 다해 **대항對抗** 합니다. 가장 큰 힘이 발휘되는 순간입니다. 한계에 도달했을 때 발휘하게 되는 정신적인 힘을 통해 새로운 가능성과 만나게 되는 것입니다.

호랑이 굴에 들어가도 정신만 차리면 산다는 옛말이 있습니다. 나는 죽었다고 포기하는 것이 아니라 살 궁리를 하면 어떤 상황에서도 벗어날 수 있다는 옛 이야기는 가능성에 관한 다른 시각을 보여줍니다.

조선시대의 김덕령이라는 사람은 산 속에서 의병을 이끌며 전쟁에 참여하였는데 그들이 본부로 삼고 있던 마을 뒷산에 호랑이가 출몰하여 민심이 흉흉해지자 호랑이를 잡기 위해 홀로 산으로 들어갑니다.

사냥꾼을 피해 다니는 맹수를 잡기 위해 맨몸으로 산으로 들어가 주먹 하나로 호랑이와 대적해 사냥에 성공합니다.

주어진 환경과 운명에 대해 불평하고 노력하지 않는 사람들의 가능성은 현실이 되지 않습니다. 능력을 발휘하기 위해서는 생각부터 바뀌어야 합니다.

그림설명

알 수 없는 곳에서 남자와 호랑이가 싸우고 있습니다. 그들은 맨 몸으로 서로를 이겨야 합니다. 그들에게는 같이 편이 없으며 무기를 가지고 있지 않습니다.

이곳에서는 호랑이도, 남자도 최선을 다해야 합니다. 이기는 사람만이 살아남을 수 있기 때문입니다. 그들은 공평하게 아무것도 가지고 있지 않습니다. 이곳은 경쟁의 장이며 생존의 장입니다.

아무 것도 보이지 않는 배경은 도움이 되지 않는 환경을 상징합니다. 어느 누구도 이들을 돕지 않을 것이라는 의미가 됩니다.

12. 禪道 선도

세상의 이치를 깨닫기 위해 자신의 한계를 시험하고 노력하는 과정을 **선도禪道**라고 합니다. 주변의 모든 것들을 지워내고 무無의 상태에 도달하기 위한 것입니다. 아무것도 남지 않은 상태가 되는 것이 목표이며 그 순간 근본을 이해할 수 있게 된다고 합니다.

깨달음을 얻고자 하는 사람들은 폭포수 아래에서 물을 맞으며 정신을 집중하거나 절벽 위에서 가부좌를 틀고 앉아 명상을 하기도 했습니다. 아슬아슬한 환경이 마음을 날카롭게 한 곳으로 모아준다고 알려져 있기 때문입니다.

도道의 실체는 겹겹이 두꺼운 베일 속에 숨어 있어, 모든 힘을 다하는 노력만이 찾을 수 있는 방법이라고 했습니다. 멀지 않은 곳에 있으나 그 길의 끝은 금방 다가오지 않습니다.

인생에서 도, 옳은 길로 가는 과정도 같다고 보아야 합니다. 현재 주어진 곳에서 최선의 노력을 다해야만 목적한 곳에 도달할 수 있습니다. 정말 원하는 것은 쉽게 이루어지지 않고 포기하려는 마음을 간신히 참아내는 순간에 가깝게 다가오는 것입니다.

그림설명

선을 향해 도를 닦는 남자가 깊은 산속 우거진 나무에 거꾸로 매달려 있습니다. 그는 위태로운 절벽 끝의 가는 나뭇가지에 걸려있는데 그의 표정은 편안하고 자세는 안정적입니다.

그의 아래에 보이는 깊이를 알 수 없는 폭포는 그가 탐험하고 있는 정신세계의 깊이를 상징합니다. 그의 다리와 팔은 완벽한 모양을 하고 있는데 다리는 가장 아름다운 도형인 완벽한 삼각형을 표현하고 있습니다. 손은 하나로 합쳐진 형태입니다. 이는 하나를 향한 그의 마음을 보여주는 것입니다.

그의 머리 아래 구름은 그가 있는 곳이 높은 산의 꼭대기라는 것을 알려줍니다. 그는 사람들의 세상에서 먼 곳에 있고 혼자입니다. 특별하고 귀한 것은 언제나 외로운 것이라는 뜻의 그림이 됩니다.

13. 使者 사자

저승사자監齋使者는 전통적인 민간신앙입니다. 보통 사자라고 부르는데 형태는 다양하지만 저승에서 찾아와 생이 끝난 사람을 데리고 간다는 이야기를 가지고 있습니다.

이들은 민화와 전설에서 검은 옷을 입은 창백한 얼굴의 손님이거나 도깨비 같은 모습으로 나타납니다. 저승사자는 보통 남자이나 간혹 여자인 경우도 있습니다. 먼저 저승으로 간 친척이나 조상은 저승사자보다 먼저 나타나거나 함께 나타납니다.

저승사자가 재치 있는 사람에게 속아 삶을 연장해주었다는 민담과 함께, 진심으로 저승사자를 설득해 자신의 생명을 넘겨주고 부모님을 살렸다는 이야기도 전해지고 있습니다.

죽음을 상징하는 저승사자도 완전한 끝이 아닙니다. 속일 수도 있고, 애도하고 슬퍼하는 마음을 가지고 있으며 때로는 화를 내는 존재입니다. 전설 속에서 저승사자는 사람에 가까운 존재입니다.

그림설명

검은 도포를 입은 저승사자를 가로막고 있는 것은 상복을 입은 가족들입니다. 그들은 저승사자에게 돌아갈 것을 간청하는 중입니다. 그들의 가장은 가족들에게 아직은 죽어서는 안 되는 사람입니다. 그들은 때가 아니라고 믿고 싶어 합니다.

가족들이 입은 것은 가장 거친 실로 만들어진 삼베입니다. 색을 입히거나 부드럽게 다듬은 것이 아닌 거친 옷은 원래 망자의 것입니다. 망자와 같은 옷을 입는 것으로 슬픔을 표현하는 것입니다.

저승사자는 죽은 사람이기 때문에 창백한 얼굴입니다. 화난표정으로 보이는 것은 사람들이 짓는 죄 때문이라고 합니다.

가족들은 저승사자를 막아보려고 합니다. 마지막 순간에도 포기하지 않는 것이 가족들의 마음이기 때문입니다. 마지막이라고 생각하는 순간이 최후의 기회의 순간이라는 뜻의 그림이 됩니다.

14. 均衡 균형

판무板舞는 한가위나 설날 같은 명절에 행해지는 여자들의 놀이입니다. 도판희跳板戲나 초판희超板戲라고도 불리는데 모두 판을 가지고 노는 놀이라는 뜻입니다. 고려시대부터 시작되어 일본에도 전해졌다고 알려져 있습니다.

서양의 시소가 앉은 자세에서 다리의 반동으로 위 아래로 흔들리며 노는 것이라면 판무는 서로의 힘을 이용하여 하늘로 뛰어오르는 놀이입니다. 서양의 시소와는 많이 다르지만 균형을 이용한 놀이라는 것은 같습니다.

한쪽에 자리한 사람이 하늘에서 아래로 떨어지며 발로 힘껏 판을 내리누르면 반대편에 있는 사람이 하늘로 뛰어오를 수 있었습니다. 상대방의 반동을 이용한 놀이로 서로가 서로를 위해 배려해야만 더 즐거움을 누릴 수 있는 민속놀이입니다.

균형은 상대방을 위하는 마음입니다. 함께하는 세상을 위한 기본이지요. 모두가 행복하기 위해서는 서로를 존중하고 배려해야 합니다. 판무는 셋 이상이 균형을 이루어야 하는 놀이, 어느 하나라도 실수하면 하늘로 날아오를 수 없습니다.

그림설명

아이들은 명절의 새 옷을 차려입고 놀이를 즐기는 중입니다. 계절은 가을, 하늘은 푸르고 들판은 노랗게 익어가고 있습니다. 곧 추수의 때, 축제가 다가옵니다.

하늘로 날아오르는 아이도 손을 잡아주는 아이도 모두 댕기를 드린 어린아이들입니다. 가장 어린 남자아이는 재미가 없는 표정입니다. 하늘로 뛰어오르려면 짝이 필요한데 아이는 너무 작아 짝이 없어 판을 뛸 수 없기 때문입니다.

남자아이가 가버린다고 해도 여자 아이들은 그를 잡지 않습니다. 놀이에 필요한 것은 셋, 남자아이가 떠나도 셋은 놀이를 계속 할 수 있습니다. 남자아이는 자신이 필요없다는 것을 알기 때문에 묵묵히 자리를 지킵니다. 그가 놀이의 중심이 되는 방법입니다.

하늘을 날아가는 성공하는 사람의 뒤에는 묵묵히 자리를 지키는 도움의 손길이 존재한다는 뜻의 그림입니다.

15. 邪魔 사마

사마邪魔, 또는 마귀魔鬼는 사람을 홀리는 존재를 부르는 말입니다. 아름다운 외모와 달콤한 말로 인간을 유혹하고 나쁜 길로 이끄는 역할을 합니다.

그중에서도 대표적인 것이 다양한 설화를 가진 구미호九尾狐입니다. 아홉 개의 꼬리를 가졌다고 하여 구미호라고 불리는 그녀들은 사람의 생간을 먹고 동물의 피를 마시며 천년을 살아가는 마귀입니다.

설화 속에서는 주로 여자의 모습으로 나타나는데 아리따운 아가씨의 모습으로 나타나 미혼의 남성을 유혹하여 제물로 삼는다고 합니다.

사랑에 빠진 구미호가 인간남성을 위해 자신의 꼬리를 하나씩 잘라 팔아 남자를 행복하게 만들어주었으나 재물이 생기니 변심한 남자에 의해 버림을 받고 원망하며 숲 속으로 돌아가는 전설도 있습니다.

인간을 사랑하고, 인간이 되고 싶어 인간의 모습으로 나타나는 그녀들은 완전히 악한 존재는 아닐 지도 모르겠습니다. 어쩌면 그렇게 만든 것은 우리가 아닐까요?

그림설명

구미호는 가슴 속에 품고 있던 여우구슬을 손에 쥐고 있습니다. 그녀의 아홉 개의 꼬리는 투명하게 감추어져 있습니다.

배경에 그려진 것은 해당화인데, 전설 속에서 사랑에 빠진 구미호가 인간의 모습을 하고 평생을 함께하다가 약속을 지키지 못한 남자에 의해 비밀이 탄로나게 되고 어쩔 수 없이 아이를 데리고 떠나면서 남겼다는 원망의 마음을 담은 꽃입니다.

그녀의 손톱은 아직 날카롭지 않고 머리는 하얗게 변하지 않았습니다. 그녀는 아직 사마가 아닙니다.

악마는 처음부터 악한 존재가 아니라 환경이 만드는 것입니다. 우리가 유혹당하지 않으면 악마는 생겨나지 않는다는 뜻을 담고 있습니다.

16. 塔影 탑영

진짜가 아닌 물에 비친 탑의 그림자, 사라져버린 탑의 흔적을 부르는 말이 탑영塔影입니다.

한국의 건축문화는 석재가 아닌 목재로 건물을 짓는 문화여서 건물은 물론 탑 또한 목재로 만드는 경우가 많았습니다. 때문에 대부분은 전쟁이나 화재로 사라져버렸습니다. 그러나 현대까지 남아있던 문화재들이 어처구니없는 사건으로 사라지는 경우는 안타깝습니다.

서울의 상징으로, 한번 복원을 거쳐 남아있던 국보 제1호 숭례문崇禮

門은 1395년 건축을 시작해 전쟁에도 살아남았던 귀한 보물이었습니다. 수 백 년을 살아남았던 목조건물은 2008년 2월 10일 방화로 인해 상당수가 불에 타 사라지고 석조로 만들어진 석축과 일부만 남았습니다.

아쉬운 것은 이것이 관리 부실로 인한 방화 사고라는 점입니다. 국보 1호를 관리하는 사람이 아무도 없어 한밤중에는 홀로 버려져있던 숭례문은 수백 년 간 보존된 공든 탑이었으나 무너져 버렸습니다. 한 번의 실수가 파멸을 부른 것입니다.

그림설명

화재로 2층 전각이 무너져 내리고 있는 숭례문의 모습입니다. 화려한 단청이 무너져 내리고 현판이 떨어지는 당시의 모습입니다.

세로로 쓰인 현판의 글씨는 풍수지리적으로 물이 낙하하는 모습을 의미하여 화재를 막기 위한 것이며 숭례문의 '숭崇'과 '례禮' 또한 화재를 막는 의미가 있다고 합니다.

석조로 된 아랫부분은 모양을 유지하고 있으나 나무로 된 상층부가 무너져 내리고 있는 모습입니다.

무너져 내리는 탑은 한 번의 실수로 모든 것이 사라질 수 있다는 경고와 함께 일어난 사건은 되돌릴 수 없다는 의미를 담고 있습니다. 숭례문의 화재사건 또한 되돌릴 수 없는 일이라는 것이 안타까울 뿐입니다.

17. 天紀 천기

해와 달과 별의 질서를 하늘의 뜻이라고 생각했던 옛사람들에게는 그 움직임을 지켜보고 중요한 일을 결정하는 풍습이 있었습니다. 농경사회에서 파종을 하고 추수를 하는 시기를 알려주는 것도 별이었고 나라의 대소사를 결정하기 위해서도 천체관측이 이용되었습니다.

이를 위해서 다양한 관측기구들이 개발되었는데 그중에서 가장 특별한 것이 세종대왕 때 만들어진 일성정시의日星定時儀입니다. 보통의 관측기구가 별이면 별, 시간이면 시간으로 하나의 목적을 가진 반면에 일성정시의는 해시계와 관측기의 역할을 모두 할 수 있도록 고안되어 있습니다.

이런 기구들을 통해 그려진 하늘의 지도가 돌에 새겨진 보물 제837호 천상열차분야지도天象列次分野之圖입니다. 고려시대의 하늘에 담긴 1,467개의 별을 담아 조선시대에 만들어졌습니다.

세상을 지배하는 자는 하늘의 뜻을 받아야 했던 시대의 왕들에게는 하늘을 아는 일이야 말로 왕권을 위해 필요한 일이었습니다.

당신은 무엇을 위해, 별의 의미를 원하고 있습니까?

캄캄한 밤하늘, 용은 목적지를 향해 시원스럽게 날아가는 모습입니다. 일성정시의는 임금을 위해 만들어졌기 때문에 용의 모습을 가지고 있습니다.

용의 방향을 알려주는 것은 특별히 제작된 계측기입니다. 주변에는 봄과 여름, 가을과 겨울의 밤하늘에 나타나는 우리나라의 별자리들이 함께 떠오르고 있습니다. 용은 돌로 만든 성벽을 박차고 하늘로 향하는 모양(모습)입니다. 이것은 더 넓은 세상을 원하는 인간의 욕구와 도전정신을 의미합니다.

캄캄한 밤하늘에는 달이 없습니다. 달이 없는 밤은 곧 다가올 새벽을 상징합니다. 아침이 되면 별은 사라지고 새로운 날이 시작될 것입니다. 이 별들은 짧은 순간 찾아오는 중요한 시기를 지금 잡아야 한다고 속삭입니다.

18. 玉盤 옥반

하얗게 빛나는 옥쟁반 같다하여 **옥반玉盤**으로 불린 것은 밤이 되면 뜨는 음의 상징, 달입니다. 임금은 해와 같고 왕비는 달이라고 하여 받들던 시기, 달은 그 뽀얀 자태로 말미암아 여성을 상징하게 되었습니다. 달덩이 같다는 말은 복스럽게 생긴 여성을 부르는 말이었지요.

해가 아닌 달의 주기를 사용하던 당시의 달력을 현대에는 음력이라고 부릅니다. 365일보다 짧아 19년마다 7번의 윤달이 생겨납니다. 원래는 없는 시간이기에 모든 것이 가능한 행운의 시기로 알려져 있습니다. 망자의 옷을 미리 만들고, 집을 이사하거나 묘지를 옮길 수 있는 기간입니다.

이처럼 달에게는 원하는 것을 이루어주는 신비로움이 있다 믿었습니다. 집에 수험생이 있거나 원하는 것이 있을 때 달밤에 맑은 물을 떠 소원을 빌었습니다. 달이 가장 커다랗게 떠오르는 날을 정월 대보름이라고 하여 축제로 삼았습니다.

소원을 비는 자의 마음이 마음의 맑아 달을 깃들 수 있을 때 원하는 것이 이루어진다고 합니다. 신비한 것은 순수한 마음에만 깃들 수 있기 때문이 아닐까요?

그림설명

휘영청 달 밝은 밤, 울창한 숲 속의 돌탑을 소년과 소녀가 조심스럽게 맴돌고 있습니다. 달이 가장 밝게 타오르는 정월의 보름달입니다.

소년과 소녀는 각각 자신의 소원을 빌기 위해 탑을 찾았습니다. 돌탑은 소원을 비는 사람들이 남기고 간 돌로 만들어진 것인데 하나도 같은 모양이 없고 위태롭게 놓여있지만 쓰러지지 않습니다. 사람들의 마음의 힘입니다. 돌이 그대로 남아있으면 원하는 것이 이루어진다는 믿음으로 정성을 다해 놓인 돌입니다.

소년과 소녀는 돌탑 위에 놓을 자신의 돌을 머리에 얹고 탑을 돌며 소원을 빕니다. 돌이 머리 위에서 떨어지지 않고 오래오래 남게 된다면 원하는 것을 이루게 될 것입니다. 그들은 온 마음을 다해 집중하는 중입니다. 정월의 보름달은 일 년에 한 번 뿐이니까요.

19. 炎帝 염제

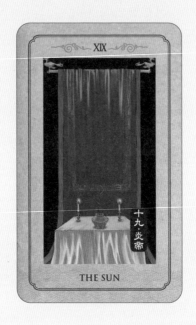

옛 사람들은 **태양이 임금이며 임금이 태양**이라 여겼습니다. 이런 태양을 부르는 이름이 여럿 있는데 그중 여름을 상징하는 태양의 이름이 염제炎帝입니다. 이 염제와 관련해서 흥미로운 설화가 있습니다. 나중에는 왕이 되지만 처음에는 평범한 어촌의 부부였던 연오랑과 세오녀의 전설입니다.

　연오랑이 거북의 등처럼 납작한 바위에서 해조를 따고 있었는데 바위가 바다 건너로 그를 데려갑니다. 그가 돌아오지 않자 세오녀가 죽으려고 바닷가로 나갔는데, 신랑의 신발이 놓인 바위를 발견하게 됩니다. 바위가 제 남편을 데려갔다고 생각한 그녀가 나도 데려가라 눈물로 하소연하자 바위는 세오녀를 싣고 연오랑에게 데려갑니다. 신비한 바위를 타고 찾아 온 상서로운 사람이라는 연유로 임금이 된 연오랑이 그녀를 맞이합니다.

하지만, 그들이 살던 나라는 해와 달이 모두 빛을 잃어버립니다. 국왕이 신탁을 통해 그들이 해와 달임을 알고 데려오려고 하지만 임금이 되어 백성을 책임져야하는 부부는 대신 세오녀가 짠 비단을 사신과 함께 돌려보냅니다. 이 비단을 제물로 삼일밤낮을 제사지내자 해와 달이 빛을 찾았다고 합니다. 태양의 이야기들 중에서 가장 평범한 사람을 주인공으로 한 흥미로운 전설입니다.

그림설명

세오녀가 지어 만든 비단인 세초가 왕의 상징인 봉황대 위에 걸려있습니다. 비단에는 태양의 새인 봉황과 봉황의 먹이인 대나무 열매가 수놓여있습니다.

붉게 타오르는 비단은 태양을 상징하는데 수 백 번의 염색을 반복해야 만들어지는 희생과 서약의 상징인 순수한 적색입니다. 테두리처럼 보이는 푸른 비단은 붉은 비단을 담아왔던 보자기로 바다를 건너야 했던 비단의 불기운을 막기 위한 것입니다. 화기火氣가 땅으로 번져 가뭄이 되지 않도록 수기水氣로 막는 비방입니다. 청색과 홍색의 비단은 연오랑과 세오녀가 다시 제 땅으로 돌아왔다는 상징입니다. 하늘을 향해 걸린 것은 그들이 하늘로 올라가 달과 별을 불러오게 하려는 것입니다.

태양은 이렇게 달 짝지어져 음과 양의 균형상태로 함께합니다. 어느 것도 가벼이 여길 수 없습니다. 하나만 남게 되면 남은 것도 소멸하게 됩니다.

20. 得時 득시

출세하여 세상에 이름을 떨치고 싶어 하는 사람들이 그 뜻을 떨치는 때를 **득시得時**라고 합니다. 이것을 입신양명立身揚名이라고 부르기도 했습니다. 성공을 하기 위해서는 과거에 합격하는 것이 가장 일반적인 방법이었습니다.

과거는 한번으로 끝나지 않고 세 번에 걸쳐 시행되었는데 예비시험인 소과에 합격해야 자격이 주어졌습니다. 이후 초시, 복시, 전시의 3단계를 치르는데 전시에는 임금이 직접 문답을 하거나 시험에 참여하는 친림시가 거행되기도 했습니다.

드디어 모든 시험이 끝나고 임금이 내린 장식 꽃, 어사화를 받고나면 수험생활을 끝내고 마을로 돌아갑니다. 마을은 급제자의 상징인 화짓대를 입구에 휘날리며 마을주민들의 축제를 시작합니다. 마을을 빛낸 급제자를 축하하는 것입니다. 삼일유가라고 해서 사흘 동안 급제자를 가마에 태우고 시가행진을 했는데 꽃가루가 휘날리고 광대가 뒤를 따르는 화려한 잔치가 되기도 했습니다. 평균 삼십년이 걸렸던 수험기간의 노력을 치하하는 것입니다. 현대에도 과거에도 변함이 없는 순리, 성공을 가지기 위해서는 끈기와 노력이 필요합니다.

그림설명

어사화를 복두에 꽂아 늘어뜨린 과거 급제자가 가마를 타고 유가행진을 벌이고 있습니다. 가마는 기본적인 사인교로 네 명이 어깨에 가마를 짊어지는 이동수단입니다.

그가 입은 것은 청색의 공복입니다. 가슴과 배에 두른 흉배에는 학과 소나무를 수놓았는데 모두 임금에 대한 충절을 상징하는 것들입니다. 그의 표정은 앞으로 일어날 일에 대한 기대감에 들떠 있습니다.

그는 이미 공복을 갖추고 있습니다. 그는 승격된 것입니다. 그가 손에 든 것은 백패인데 그의 신분과 품계가 적혀있습니다. 그는 관직을 얻은 관리이며 이전과는 다른 삶을 시작할 것입니다. 시험에 통과했기 때문입니다.

21. 八卦 팔괘

우주의 섭리와 근본을 나타내는 기호, 인간의 운명을 알기 위해 사용되고 발전된 것이 팔괘八卦입니다. 세상의 이치와 사물을 표현할 수 있고 특별한 의미를 지닌 글자들입니다. 팔괘는 그 자체가 음양과 오행입니다.

끊어진 것은 음, 붙은 것은 양으로 보았는데 이름은 구와 육이라고 합니다. 복잡하지 않고 64괘의 의미만 알 수 있으면 해석할 수 있어 민간에 사용되던 대중적인 점술이었습니다. 현재는 산가지에 괘를 새겨 뽑아 배열하는 방식은 잘 사용되지 않고 음양을 상징하는 3개의 동전을 두

번 던져 괘를 선택하는 방식이 주로 사용됩니다. 괘가 음양으로 이루어진 것처럼 점을 칠 때 는 두 개의 괘를 합쳐 의미를 찾았습니다. 그래서 64괘가 되는 것입니다. 대중적으로 잘 알려져 있어 '우리는 괘卦를 같이 한다.' 는 표현처럼 나중에는 괘 자체가 운명을 뜻하게 되었습니다.

건(乾:하늘) · 태(兌:못) · 이(離:불) · 진(震:지진) · 손(巽:바람) · 감(坎:물) · 간(艮:산) · 곤(坤:땅) 세상의 모든 것, 세상 그 자체가 팔괘입니다.

그림설명

붉은 보자기 위에 놓인 것은 괘입니다. 이것은 여덟 개의 괘, 여덟 곳의 방향입니다. 각각 건(乾:서북) · 태(兌:서) · 이(離:남) · 진(震:동) · 손(巽:동남) · 감(坎:북) · 간(艮:동북) · 곤(坤:서남)입니다.

(111=7), (011=6), (101=5), (001=4), (110=3), (010=2), (100=1), (000)

괘를 음양의 이치에 따라 이진법으로 해석하면 여덟 개의 괘가 0부터 7까지의 숫자로 변환됩니다. 세상이 무에서 창조되기까지의 시간을 의미합니다.

괘를 사용할 수 있도록 괘가 새겨진 산가지와 음양동전이 붉은 보자기 위에 함께 있습니다. 세상에는 다양한 것들이 함께 존재한다는 의미로 놓인 것입니다.

12가지 질문을 위한 22 카드의 답

깊은 질문을 하고 답을 찾기 위해서는 카드를 이해해야 합니다. 카드를 이해하기 위해서는 카드가 질문에 따라 어떻게 해석되는지를 알아야 합니다.

여기서부터는 각 카드가 질문에 따라 어떻게 해석이 달라지는지 알 수 있도록 질문에 따라 달라지는 답을 보여드립니다. 동일한 카드라도 질문에 따라서 다양한 해석이 가능합니다. 뜻은 질문에 따라 변화하기 때문입니다. 카드를 공부할 때는 카드가 어떤 뜻을 가지고 있는지 알아야 합니다.

모든 뜻을 이해하고 나면 여러 장을 선택해 조합해 보세요. 더 다양한 이야기를 카드에서 읽어낼 수 있게 될 것입니다.

0. The Fool 소년

Q. 나는 재능이 있을까요? Q. 사람들은 나를 믿을까요? Q. 잘 될까요? Q. 내가 잘못한 것일까요? Q. 하고 싶은 것이 있는데 해도 될까요? Q. 언제쯤 금전 운이 좋아질까요? Q. 그(또는 그녀)가 나를 사랑할까요? Q. 시험에 합격할까요? Q. 새로운 인연이 생길까요? Q. 나는 무엇을 하면 좋을까요? Q. 관계를 회복할 수 있을까요? Q. 끝낼 수 있을까요?

Q. 나는 재능이 있을까요?

A. 두려움이 없는 것이 가장 큰 재능입니다. 실패해도 오래 마음에 두지 않는 태도가 재능을 뒷받침할 것입니다.

Q. 사람들은 나를 믿을까요?

A. 지금까지 쌓아놓은 것이 없으니 불안하게 생각하고 있습니다. 그러나 다른 대안이 없으니 믿을 수밖에 없습니다.

Q. 잘 될까요?

A. 결과를 판단하기에는 이릅니다. 이제 갓 시작했으니 앞으로의 미래를 가늠해 보려면 조금 더 기다려야 합니다.

Q. 내가 잘못한 것일까요?

A. 특별히 잘못한 것은 아니지만 지금 상황의 원인이 되는 것 중 하나를 제공하였다고 보아야 합니다. 직접적으로 영향을 준 것은 아니지만 사람들은 오해할 수 있습니다.

Q. 하고 싶은 것이 있는데 해도 될까요?

A. 살면서 일어나는 모든 일을 다 따져가며 결정해야 하는 것은 아닙니다. 흥이 생겼다면 도전해 보는 것도 좋습니다. 사람은 좋아하는 일을 해야 살아있다는 보람을 느낄 수 있습니다. 도전해 보세요.

Q. 언제쯤 금전 운이 좋아질까요?

A. 당분간은 금전 운이 좋아지는 시기가 아닙니다. 다행히 아슬아슬하게 파산만은 면할 것입니다. 수입이 늘어나는 속도보다 새로운 것에 빠지는 속도가 빨라서 생기는 일입니다. 바빠지면 돈을 쓸 시간이 없어 돈이 모이게 될 것입니다.

Q. 그(또는 그녀)가 나를 사랑할까요?

A. 잘 모릅니다. 아직 서로가 자신의 감정도 상대방의 감정도 확인한 상태가 아닙니다. 사랑으로 발전하기에 앞서 친해져야 하는 시기입니다.

Q. 시험에 합격할까요?

A. 앞으로 충분히 시간을 두고 준비한다면 결과는 나쁘지 않습니다. 먼 미래의 결과는 나쁘지 않습니다. 준비를 빨리 시작 할수록 결과는 더 좋아질 것입니다.

Q. 새로운 인연이 생길까요?

A. 주변을 돌아볼 여유를 가진다면 새로운 인연이 생기는 시기입니다. 옆도 뒤도 돌아보지 않는다면 못 보고 지나칠 수 있습니다.

Q. 나는 무엇을 하면 좋을까요?

A. 금방 그만두지 않을 만한 일을 찾는 다면 좋을 것입니다. 능력이 문제가 되는 것이 아니라 적응을 잘 못하는 것이 문제입니다. 노력에 따라 결과가 달라질 수 있다는 뜻입니다.

Q. 관계를 회복할 수 있을까요?

A. 아직 완전히 끝난 상황은 아닙니다. 상대방이 지켜보고 있으니 변화하는 모습을 보여주면 됩니다. 문제는 관계가 회복되더라도 불편한 마음이 편안해 지려면 많은 시간이 필요하다는 점입니다.

Q. 끝낼 수 있을까요?

A. 스스로 아깝다고 생각하기 때문에 쉽지는 않습니다. 하지만 끝내려면 지금이 기회입니다, 지금 끝내야 합니다 조금 지나면 끝낼 수 없게 됩니다.

I. Magician 마법사

Q. 나는 재능이 있을까요? Q. 사람들은 나를 믿을까요? Q. 잘 될까요? Q. 내가 잘못한 것일까요? Q. 하고 싶은 것이 있는데 해도 될까요? Q. 언제쯤 금전 운이 좋아질까요? Q. 그(또는 그녀)가 나를 사랑할까요? Q. 시험에 합격할까요? Q. 새로운 인연이 생길까요? Q. 나는 무엇을 하면 좋을까요? Q. 관계를 회복할 수 있을까요? Q. 끝낼 수 있을까요?

Q. 나는 재능이 있을까요?

A. 가장 큰 재능은 목표를 향해 나아가는 집중력입니다. 주변의 방해가 있다고 해도 한번 정한 것에 집중하는 능력은 다른 사람보다 섬세하고 뛰어난 결과를 가질 수 있게 할 것입니다.

Q. 사람들은 나를 믿을까요?

A. 사람들은 당신을 믿고 있습니다. 꾸준한 노력과 성실함을 인정하고 있습니다. 타인이 어떻게 보는가에 대해 신경 쓰는 건 그만!

Q. 잘 될까요?

A. 하던 대로 하면 잘 될 것입니다. 진리와 정의는 외로운 것이고 사람들은 과정이 아닌 결과만을 판단합니다. 그 과정은 끊임없는 시험과 함정의 연속입니다. 그러나 마지막에는 잘 될 것입니다.

Q. 내가 잘못한 것일까요?

A. 이유야 어떻든 누구도 자신의 편을 들어주지 않는 것은 좋지 못한 상황입니다. 내 기준대로는 아니어도 다수가 잘못이라고 말 한다면 원하는 대로 해주는 것이 낫습니다. 곧은 나무가 휘지 않으려고 버티면 부

63

러질 수 도 있으니까요.

Q. 하고 싶은 것이 있는데 해도 될까요?

A. 이미 시작한 것이 아닌가요? 당신은 마음이 하고 싶은 대로 하는 중입니다. 결과와 상관없이 의지를 굽힐 생각이 없기 때문에 주변이라는 장애물을 뛰어넘어야 합니다.

Q. 언제쯤 금전 운이 좋아질까요?

A. 단기간에 좋아지는 것은 아니지만 좋아지는 것은 확실합니다. 능력이 없는 것은 아니기 때문에 주변의 상황이 좋아지면 바로 평균이상으로 상승하기 시작할 것입니다.

Q. 그(또는 그녀)가 나를 사랑할까요?

A. 사랑하는 것은 맞습니다. 그는/그녀는 단 한 사람만 사랑하는 사람입니다. 또한 다른 곳에 한눈을 팔지 않는 한결같은 사람입니다. 그러나 그가/그녀가 지금 꼭 해야 할 중요한 일이 있다면 당신에 대한 사랑을 표현하지 않을 가능성이 있습니다.

Q. 시험에 합격할까요?

A. 충분한 노력을 한다면 합격하게 될 것입니다. 노력을 했는데도 성과가 없는 운은 아닙니다. 적당히 노력하는 것이 아니라 최선을 다해야만 합니다.

Q. 새로운 인연이 생길까요?

A. 과거의 인연이 마음속에서 사라지지 않는 이상 새로운 인연이 생기는 것은 어렵습니다. 아직 해결되지 않은 마음의 찌꺼기가 눈을 가리

고 마음을 붙들고 있습니다. 깨끗이 버려야 새로운 인연이 눈에 보일 것입니다.

Q. 나는 무엇을 하면 좋을까요?

A. 하고 싶어 하는 일을 쉽게 시작할 수 없다고 해서 포기한다면 영영 원하는 일을 할 수 없을 것입니다. 문은 계속 두들겨야 열립니다. 좋은 집일 수록 담은 높고 대문은 무겁습니다. 좋은 것이니 어려운 것입니다.

Q. 관계를 회복할 수 있을까요?

A. 회복할 수는 있지만 많은 시간과 노력이 필요할 것입니다. 간단하게 말로 해결될 수 있는 문제는 아닌 것 같습니다. 이럴 때는 기다리지 말고 찾아가야 합니다.

Q. 끝낼 수 있을까요?

A. 끝낼 수 있지만 상황에 따라 조금 다릅니다. 물질적인 트러블이라면 단칼에 끝낼 수도 있지만 감정적인문제는 여러 번 시도해야 끝날 것입니다.

II. High Priestess 여사제

Q. 나는 재능이 있을까요? Q. 사람들은 나를 믿을까요? Q. 잘 될까요? Q. 내가 잘못한 것일까요? Q. 하고 싶은 것이 있는데 해도 될까요? Q. 언제쯤 금전 운이 좋아질까요? Q. 그(또는 그녀)가 나를 사랑할까요? Q. 시험에 합격할까요? Q. 새로운 인연이 생길까요? Q. 나는 무엇을 하면 좋을까요? Q. 관계를 회복할 수 있을까요? Q. 끝낼 수 있을까요?

Q. 나는 재능이 있을까요?

A. 당신의 가장 큰 재능은 경청입니다. 타인의 말을 듣고 이해하는 능력은 많은 곳에서 발휘될 수 있을 것입니다. 여러 사람과 일하는 데 있어 가장 큰 재능을 가진 것입니다.

Q. 사람들은 나를 믿을까요?

A. 사람들은 당신의 직감을 믿기 때문에 의지하고 있습니다.

Q. 잘 될까요?

A. 잘 되지 않더라도 후회하지 않겠다는 마음이 있으니 결과는 상관없습니다. 목표를 이루어 내는 과정을 통해 만족하게 될 것입니다.

Q. 내가 잘못한 것일까요?

A. 당신이 잘못한 것이 아닙니다. 잘못을 한 사람은 따로 있습니다. 잘못을 저지른 사람은 상황을 해결할 수 없습니다. 지금의 불편한 상황을 견딜 수 있다면 지켜보세요. 시간이 지나면 해결됩니다.

Q. 하고 싶은 것이 있는데 해도 될까요?

A. 할 수는 있습니다. 그러나 상황과 환경이 도움이 되지 않아 원하는 결과까지 과정이 어렵습니다. 오래 걸릴 수도 있습니다.

Q. 언제쯤 금전 운이 좋아질까요?

A. 기본적인 금전 운은 나쁘지 않습니다. 금전관리에 있어서 선택과 집중을 하지 못하기 때문에 부족하다고 생각하는 것입니다. 돈은 한정되어 있습니다. 나 자신을 위해서 쓰기 시작한다면 점점 만족을 느끼게 될 것입니다.

Q. 그(또는 그녀)가 나를 사랑할까요?

A. 서로에 대해 끌림이 있고 관계가 시작되는 시기입니다. 아직 사랑은 아닙니다. 긍정적인 느낌을 가지고 있을 뿐입니다.

Q. 시험에 합격할까요?

A. 합격은 가능하지만 시험에 합격한다고 모든 것이 끝나는 것이 아닙니다. 시험에 합격하는 것은 시작일 뿐입니다. 원하는 것을 이루는 것은 조금 더 걸립니다.

Q. 새로운 인연이 생길까요?

A. 이미 새로운 인연이 있습니다. 이미 진행 중인 인연이 있는데 새로운 인연이 생기거나 두 개의 인연이 한꺼번에 시작되는 상황이 될 것입니다.

Q. 나는 무엇을 하면 좋을까요?

A. 지금은 무엇을 해야 할지 모르는 것이 아니라 아무것도 할 수 없는

기간입니다. 지금은 어떤 행동을 하기 보다는 나 자신에 대해서 검토하고 휴식을 취해야 하는 기간입니다.

Q. 관계를 회복할 수 있을까요?

A. 관계를 회복하는 것은 가능합니다. 아직 관계가 끊어지거나 영영 이별인 것은 아닙니다. 상대방도 관계를 회복시키고 싶어 합니다. 그러니 망설이다가 서로가 어색한 상황이 되지 않도록 받아줄 준비를 하고 기다리면 됩니다.

Q. 끝낼 수 있을까요?

A. 끝내는 것이 가장 어렵습니다. 진심으로 끝내려는 마음이 없을 수도 있습니다. 때가 중요한 것이 아닙니다. 의지가 중요합니다.

Ⅲ. Empress 여왕

Q. 나는 재능이 있을까요? Q. 사람들은 나를 믿을까요? Q. 잘 될까요? Q. 내가 잘못한 것일까요? Q. 하고 싶은 것이 있는데 해도 될까요? Q. 언제쯤 금전 운이 좋아질까요? Q. 그(또는 그녀)가 나를 사랑할까요? Q. 시험에 합격할까요? Q. 새로운 인연이 생길까요? Q. 나는 무엇을 하면 좋을까요? Q. 관계를 회복할 수 있을까요? Q. 끝낼 수 있을까요?

Q. 나는 재능이 있을까요?

A. 당신은 돈을 가지고 활용하는데 특별한 재능을 가지고 있습니다. 기본적인 준비만 된다면 타고난 능력을 발휘하여 많은 돈을 벌 수 있을 것입니다.

Q. 사람들은 나를 믿을까요?

A. 믿고 따르는 사람들이 있습니다. 주변에 모여드는 사람도 있습니다. 그러나 나를 믿는 사람들을 내가 믿는 것은 모험입니다.

Q. 잘 될까요?

A. 목적한 것 중 하나는 이룰 수 있을 것입니다. 가지게 되는 것은 한 번에 하나. 모든 것을 한꺼번에 해낼 수는 없습니다.

Q. 내가 잘못한 것일까요?

A. 모든 것에는 양면이 있습니다. 반대편에서는 잘못이라고 생각하는 것이 당연합니다. 내편이야 잘못이 아니라고 말 할 것입니다.

Q. 하고 싶은 것이 있는데 해도 될까요?

A. 나 혼자만의 일이 아닙니다. 여러 사람이 관계된 일입니다. 신중을 기해야 합니다. 다수를 위해 어떤 선택이 좋은지 생각 해 보는 것이 좋겠습니다.

Q. 언제쯤 금전 운이 좋아질까요?

A. 금전 운이 나쁜 것은 아니나 돈이 더 필요한 상황인 것은 맞습니다. 쉽지는 않겠지만 나 이외의 사람에게 지출될 금액을 먼저 쓴다면 불편함이 줄어들 것입니다.

Q. 그(또는 그녀)가 나를 사랑할까요?

A. 사랑하는 것은 맞습니다. 그러나 다른 연인과는 원하는 바가 다릅니다. 키스하고 함께 시간을 보내는 그런 관계가 아니라 정신적인 파트너가 되기를 원합니다. 그것이 싫다면 무엇을 원하는지 직접 말해야 합니다.

Q. 시험에 합격할까요?

A. 합격하는 것은 어려운 일이 아닙니다. 운으로만 본다면 모든 것이 주어졌기 때문입니다. 머리가 무거운 것은 다른 이유가 있기 때문이 아닌가요? 시험이외의 일들 때문에 머리가 무거운 것은 합격하고 나면 모두 해결 될 것입니다.

Q. 새로운 인연이 생길까요?

A. 새로운 인연이 생기기를 원한다면 생길 것입니다. 그러나 인연을 원하지 않는다면 생기더라도 오래가지 않을 수 있습니다. 지금 원하는 것은 새로운 인연이 아니라 현재의 인연이거나 지나간 인연이 아닌가요?

Q. 나는 무엇을 하면 좋을까요?

A. 고민을 하는 이유는 주변의 도움이 없기 때문입니다. 지금 생각하고 있는 일이 해야 할 일이라는 것은 스스로도 잘 알고 있습니다. 도움을 쉽게 받을 수 없다고 해서 모두가 반대한다고 생각하는 것은 섣부른 판단입니다.

Q. 관계를 회복할 수 있을까요?

A. 나빠진 관계를 회복하는 것보다 새로운 관계를 만드는 것이 더 빠를 것입니다. 주도적으로 상황을 이끌어나가면 새롭게 관계를 형성할 수 있습니다.

Q. 끝낼 수 있을까요?

A. 끝내야만 하는 일입니다. 복잡한 상황이나 마음과는 달리 끝내는 것은 매우 간단합니다. 끝내고 나서도 아쉽다는 마음은 남아 괴로울 것입니다.

Ⅳ. Emperor 황제

Q. 나는 재능이 있을까요? Q. 사람들은 나를 믿을까요? Q. 잘 될까요? Q. 내가 잘못한 것일까요? Q. 하고 싶은 것이 있는데 해도 될까요? Q. 언제쯤 금전 운이 좋아질까요? Q. 그(또는 그녀)가 나를 사랑할까요? Q. 시험에 합격할까요? Q. 새로운 인연이 생길까요? Q. 나는 무엇을 하면 좋을까요? Q. 관계를 회복할 수 있을까요? Q. 끝낼 수 있을까요?

Q. 나는 재능이 있을까요?

A. 당신은 다른 재능도 많이 갖고 있지만 가장 큰 재능은 리더쉽 Readership 입니다. 적재적소適材適所에 사람들을 배치하고 능력을 발휘하도록 돕는 재능이 있습니다.

Q. 사람들은 나를 믿을까요?

A. 사람들은 당신을 믿고 의지합니다. 사람들은 당신을 따르고 있습니다. 부담스럽다면 지금이라도 대신 할 사람을 골라 키워야 할 것입니다.

Q. 잘 될까요?

A. 미래의 전망은 밝습니다. 충분한 능력도 중요하지만 지지해주는 주변세력이 충분하기 때문에 성공가능성이 높습니다. 분위기를 믿고 게을러지지만 않는다면 나쁘지 않습니다.

Q. 내가 잘못한 것일까요?

A. 큰 것을 위해 작은 것을 희생한 것이라면 어느 한 쪽은 잘못이라고 말해도 어쩔 수 없는 일입니다. 선택에는 언제나 반대편이 있는 법입니다.

72 코리안 타로 카드

Q. 하고 싶은 것이 있는데 해도 될까요?

A. 할 수는 있습니다. 시간과 마음의 여유가 있다면 가능합니다. 여유가 없다면 다시 한번 생각해야 합니다. 좋아하는 일도 상황이 어려우면 싫어지게 됩니다. 당신은 싫어지면 포기하는 사람입니다.

Q. 언제쯤 금전 운이 좋아질까요?

A. 기본적인 금전 운이 나쁜 편이 아닙니다. 금전운은 금방 상승할 것이나 타인에게 소비되는 돈을 줄인다면 더 빨리 좋아질 것입니다.

Q. 그(또는 그녀)가 나를 사랑할까요?

A. 과거부터 진행된 관계라면 사랑하는 마음이 있습니다. 시작된 지 얼마 되지 않은 관계라면 조금 더 노력해야 상대방의 마음을 빼앗을 수 있을 것입니다.

Q. 시험에 합격할까요?

A. 계획대로 된다면 시험에 합격하는 것은 어렵지 않습니다. 계획을 방해하는 것들을 하나하나 제거해야 할 것입니다. 한꺼번에 되는 것이 없다는 것을 기억해주세요. 한 번에 하나입니다.

Q. 새로운 인연이 생길까요?

A. 새로운 인연보다는 과거의 인연을 소중히 여기는 것을 추천합니다. 헤어진 관계라고 해도 돌아올 가능성이 있는 운입니다. 과거에서부터 진행 중인 연인이 있는 경우는 새로운 인연에 방해로 작용합니다.

Q. 나는 무엇을 하면 좋을까요?

A. 리더가 되어있다면 그만두기는 쉽지 않습니다. 반대로 되고 싶다

면 쉽게 리더가 될 수 있습니다. 당신 스스로가 앞장서서 모든 것을 해결해야 하는 운입니다. 가족을 부양하고 친구들을 이끌어야 합니다.

Q. 관계를 회복할 수 있을까요?

A. 관계는 자연스럽게 회복될 것입니다. 그대로 있어도 좋습니다. 누구나 안하던 행동을 하면 실수를 하는 법입니다. 어설프게 손을 내미는 것보다 조용히 기다리는 것이 원래의 스타일 아닌가요?

Q. 끝낼 수 있을까요?

A. 끝낼 마음이 없는 것이 문제입니다. 포기하지 않는 의지는 좋은 것입니다. 그 의지를 내려놓지 않는다면 끝나지 않을 것입니다.

V. Hierophant 교황

Q. 나는 재능이 있을까요? Q. 사람들은 나를 믿을까요? Q. 잘 될까요? Q. 내가 잘못한 것일까요? Q. 하고 싶은 것이 있는데 해도 될까요? Q. 언제쯤 금전 운이 좋아질까요? Q. 그(또는 그녀)가 나를 사랑할까요? Q. 시험에 합격할까요? Q. 새로운 인연이 생길까요? Q. 나는 무엇을 하면 좋을까요? Q. 관계를 회복할 수 있을까요? Q. 끝낼 수 있을까요?

Q. 나는 재능이 있을까요?

A. 당신은 타인을 이해시키는 능력을 가지고 있습니다. 어려운 것을 쉽게 설명하는 방법을 알고 있어 힘을 들이지 않고도 내가 원하는 방향으로 마음을 바꾸게 할 수 있습니다.

Q. 사람들은 나를 믿을까요?

A. 사람들은 당신을 믿을 수밖에 없지만 그 마음을 이용해서는 안 됩니다. 의도를 가지는 순간 믿음은 깨어지기 시작합니다. 믿음은 연약한 것이어서 쉽게 사라질 수 있습니다.

Q. 잘 될까요?

A. 다수가 관련된 일이라면 잘 될 것입니다. 혼자만의 일이라면 해야 할 일을 외면하고 있지 않은지 검토해야 합니다. 회피하고 있지 않다면 잘 될 것입니다.

Q. 내가 잘못한 것일까요?

A. 잘못한 것은 아닙니다. 시간이 지나면 오해는 풀리고 상황은 좋아질 것입니다. 지금은 조용히 때를 기다려야 할 시기입니다.

Q. 하고 싶은 것이 있는데 해도 될까요?

A. 하고 싶은 것을 하기 이전에 해야 할 일을 해야 할 때입니다. 두 가지가 같은 것이 아니라면 해야 할 일을 먼저 해야 하고 그 다음에 하고 싶은 일을 하면 됩니다.

Q. 언제쯤 금전 운이 좋아질까요?

A. 준비가 끝나지 않았고 결과가 나오려면 시간이 필요하다는 것을 잘 알고 있습니다. 시간은 앞으로도 좀 더 걸릴 예정입니다.

Q. 그(또는 그녀)가 나를 사랑할까요?

A. 좋아하는 것은 맞습니다. 그(또는 그녀)는 내성적인 성격이라 고백을 받거나 사랑표현을 듣게 될 때까지 오래 기다려야 하기 때문에 인내심이 필요합니다. 기다리다 지쳐 화를 내지 않도록 합시다.

Q. 시험에 합격할까요?

A. 첫 응시에 합격하기는 힘들지만 다섯 번 이내에는 합격하게 될 것입니다. 한 번에 합격하는 운은 아닙니다. 준비 과정 중에 한눈을 팔거나 딴 짓을 하지 않는다면 더 빨리 합격할 수도 있습니다.

Q. 새로운 인연이 생길까요?

A. 예정된 인연이 있습니다. 당장은 아닙니다. 시기가 봄이라면 가을, 여름이라면 겨울쯤이 됩니다. 지루하겠지만 기다려야 하는 시기입니다.

Q. 나는 무엇을 하면 좋을까요?

A. 지금은 나의 고통이나 생각을 이야기할 때가 아니라 가까운 사람

들의 이야기를 들어주어야 할 시기입니다. 들어주고 나면 사람들의 귀가 열릴 것입니다.

Q. 관계를 회복할 수 있을까요?

A. 많은 노력을 할 가치가 있는지 먼저 판단해야 합니다. 앞으로 오랜 시간동안 많은 노력을 하더라도 회복하고 싶은 관계라면 뜸들일 필요 없이 지금부터 행동에 돌입해야 합니다. 가치가 없다고 생각된다면 잊어버리세요. 땀과 노력을 다른 곳에 사용한다면 더 좋은 결과가 생길 테니까요.

Q. 끝낼 수 있을까요?

A. 지금까지 망설인 것을 아쉬워하지 않는다면 빨리 끝낼 수 있습니다. 아까운 마음에 과거를 되새겨 보는 마음을 멈추는 순간 끝나게 됩니다.

VI. Lovers 연인들

Q. 나는 재능이 있을까요?

A. 당신은 함께하는 사람의 능력이 발휘되도록 끌어올려주는 최고의 파트너의 재능을 가지고 있습니다. 행운을 가진 마스코트로 사랑받을 것입니다.

Q. 사람들은 나를 믿을까요?

A. 믿음직하지는 않지만 차마 반대할 수 없기 때문에 거부하지 않습니다. 그러나 정말 중요한 일이라면 결정을 맡기지 않을 수도 있습니다.

Q. 잘 될까요?

A. 결국에는 잘 될 것이지만 과정은 험난할 수도 있습니다. 주변상황을 꼼꼼하게 점검하여 완벽하게 파악하고 있어야 합니다.

Q. 내가 잘못한 것일까요?

A. 서로가 서로에게 잘못한 것이라서 누가 혼자서 책임질 수는 없습니다. 마음에 걸리는 부분이 있다면 그 부분만 인정하고 사과하면 해결의 실마리가 될 것입니다.

Q. 하고 싶은 것이 있는데 해도 될까요?

A. 정말 좋아하는 일은 먼 길을 돌고 돌아 오랜 시간이 지나도 하게 됩니다. 그 일을 하는데 시간이 얼마나 걸리는가에 따라 결과가 달라집니다. 1년 이내라면 가능합니다.

Q. 언제쯤 금전 운이 좋아질까요?

A. 좋아하는 것이 많기 때문에 금전운이 나아지기는 힘이 듭니다. 돈은 자신만을 좋아하는 사람에게 머물기 때문입니다.

Q. 그(또는 그녀)가 나를 사랑할까요?

A. 내가 좋아하는 만큼 상대방도 좋아하는 마음을 가지고 있습니다. 사랑의 크기가 누가 더 많이 사랑하는가는 중요하지 않습니다. 사랑의 크기는 변화합니다. 사랑의 크기가 고정되어있지 않기 때문에 양쪽을 오가게 되는 것입니다. 사랑은 균형이 아닙니다.

Q. 시험에 합격할까요?

A. 합격할 가능성이 높습니다. 이제 꽃이 피고 봄이 올 것입니다. 합격하고 나면 새로운 인생이 시작될 것입니다.

Q. 새로운 인연이 생길까요?

A. 사랑받고 사랑할 수 있는 인연이 생길 것입니다. 지금으로부터 6개월 이내에 연인으로 발전하게 될 수 있는 운입니다. 과거에 연연하지 않는다면 아름다운 연인이 될 것입니다.

Q. 나는 무엇을 하면 좋을까요?

A. 타인의 의견에 떠밀려서 좋아하지도 않는 일을 하는 것은 그만. 의

무감으로 인내하는 것에도 한계가 있습니다. 한 순간도 머릿속을 떠나지 않는 생각을 현실에 옮길 때입니다.

Q. 관계를 회복할 수 있을까요?

A. 비온 뒤에 땅이 굳는 것처럼 관계는 더욱 돈독해질 것입니다. 지금은 운이 좋지 않다고 생각하세요. 시간이 약이 될 것입니다. 때가 되면 자연스럽게 함께하게 될 것입니다.

Q. 끝낼 수 있을까요?

A. 미련이 남아있다면 끝낼 수 없을 것입니다. 지금 겪는 마음의 불편보다 끝내고 나서 찾아올 상실감을 두려워하고 있는 것은 아닌가요?

VII. Chariot 전차

Q. 나는 재능이 있을까요? Q. 사람들은 나를 믿을까요? Q. 잘 될까요? Q. 내가 잘못한 것일까요? Q. 하고 싶은 것이 있는데 해도 될까요? Q. 언제쯤 금전 운이 좋아질까요? Q. 그(또는 그녀)가 나를 사랑할까요? Q. 시험에 합격할까요? Q. 새로운 인연이 생길까요? Q. 나는 무엇을 하면 좋을까요? Q. 관계를 회복할 수 있을까요? Q. 끝낼 수 있을까요?

Q. 나는 재능이 있을까요?

A. 당신은 남들보다 앞서갈 수 있는 능력이 있습니다. 주변상황에 영향을 적게 받기 때문에 실적이 우선되는 조직에서 좋은 평가를 받을 수 있습니다.

Q. 사람들은 나를 믿을까요?

A. 당신에 대한 약간의 의심은 있지만 믿으려고 노력하는 중입니다. 타인의 믿음보다 스스로 자신을 믿는 것이 중요합니다. 자신감을 가지고 결과를 향해 달려야 합니다.

Q. 잘 될까요?

A. 겁먹지 않는다면 잘 될 것입니다. 망설이는 동안 경쟁자는 더 앞서 나갑니다. 시간을 지체하면 결과에 영향을 미치게 됩니다. 걱정할 시간이 없습니다.

Q. 내가 잘못한 것일까요?

A. 자꾸 고민이 된다면 무언가 실수한 것이 있다고 보아야 합니다. 마음의 경고를 느끼고 있다면 잘못이 없다고 볼 수 없는 상황이므로 상대

방이 원한다면 잘못을 인정하는 것이 빠른 해결책입니다.

Q. 하고 싶은 것이 있는데 해도 될까요?

A. 시작했다면 어쩔 수 없지만 망설이는 마음이 있다면 정말 하고 싶은 일은 따로 있어서일 것입니다. 마음이 진짜가 아니라면 하지 않는 것이 좋습니다.

Q. 언제쯤 금전 운이 좋아질까요?

A. 일 년 정도면 손해 본 것을 회복 할 수 있습니다. 회복하고 나면 평균적인 수준에 도달하는 것은 금세 이루어집니다.

Q. 그(또는 그녀)가 나를 사랑할까요?

A. 당신은 그동안 너무 많이 노력했습니다. 잠시, 휴식할 것을 권합니다. 매력을 보여주기 위해 노력하거나, 희생하는 것을 멈추어야 합니다. 그래야 상대방도 사랑을 표현할 수 있습니다. 기다려야 마음을 표현할 수 있을 것입니다. 지금은 당신의 사랑이 더 큽니다.

Q. 시험에 합격할까요?

A. 합격하는 것은 정해진 운명입니다. 시간이 얼마나 필요한가에 따라 계획이 달라져야 합니다. 기본 적으로는 전차는 목표에 도달하기 까지 멀지 않은 상황을 의미합니다. 평균적으로 일 년 내외 입니다.

Q. 새로운 인연이 생길까요?

A. 인연을 만드는 것은 어렵지 않습니다. 항상 내가 먼저 고백하고 사랑을 요구하는 것이 지겨워 이제 누군가 내가 해왔던 것처럼 나에게 해주길 바란다면 그것은 어렵습니다. 새로운 사랑을 한다고 사랑의 방식

도 바뀌는 것은 아니랍니다.

Q. 나는 무엇을 하면 좋을까요?

A. 당장 할 수 있는 것이 없다면 지금 상황에서 벗어나는 것도 좋은 방법이 될 수 있습니다. 여행을 떠나는 것도 좋을 것입니다.

Q. 관계를 회복할 수 있을까요?

A. 지금까지 상대방을 대해왔던 것처럼 한다면 관계 개선이 힘들 것입니다. 상황을 급하게 마무리 하려는 행동으로 인해 관계가 흔들립니다. 상대방을 기다리고 배려하는 진심어린 자세가 필요합니다.

Q. 끝낼 수 있을까요?

A. 이미 끝났거나 끝날 예정입니다. 마음먹는 순간 끝나버릴 것입니다. 오래 끌만한 문제가 아닙니다. 오랜 시간을 지체한 상황이라면 운이 아니라 마음속의 미련이 원인이라는 것을 스스로 알아야 합니다.

VIII. Justice 법

Q. 나는 재능이 있을까요? Q. 사람들은 나를 믿을까요? Q. 잘 될까요? Q. 내가 잘못한 것일까요? Q. 하고 싶은 것이 있는데 해도 될까요? Q. 언제쯤 금전 운이 좋아질까요? Q. 그(또는 그녀)가 나를 사랑할까요? Q. 시험에 합격할까요? Q. 새로운 인연이 생길까요? Q. 나는 무엇을 하면 좋을까요? Q. 관계를 회복할 수 있을까요? Q. 끝낼 수 있을까요?

Q. 나는 재능이 있을까요?

A. 당신은 사람들을 믿게 만드는 재능이 있습니다. 특별히 말에 신뢰감이 있습니다. 객관성을 유지하려는 노력을 멈추지 않는다면 재능을 발휘 할 수 있을 것입니다.

Q. 사람들은 나를 믿을까요?

A. 사람들은 당신을 믿긴 하지만 좋아하진 않습니다. 이것은 앞으로 큰 문제의 발단이 될 수 있습니다. 불안한 기분이 되는 것은 이 때문입니다. 가능하면 당신을 피하고자 하는 사람들 사이에서 기분이 좋을 리가 없지 않나요?

Q. 잘 될까요?

A. 결과를 예측할 수 없는 상태입니다. 다수의 여론에 의해 결과가 바뀔 수 있다면 전망은 부정적입니다. 객관성이 없는 곳에서는 좋은 평가를 받기 힘듭니다.

Q. 내가 잘못한 것일까요?

A. 까다롭게 따져 본다면 문제가 생겼을 때 잘못이 없는 사람은 없습

니다. 다만 잘못의 크기가 서로 다를 뿐입니다. 억울한 생각이 들겠지만 작은 잘못도 잘못입니다.

Q. 하고 싶은 것이 있는데 해도 될까요?

A. 결정을 내린 상태입니다. 스스로의 결정을 의심하지 말고 밀고 나가야 할 때입니다. 의지를 시험하는 일이 일어난다고 해도 준비한 대로 하면 됩니다.

Q. 언제쯤 금전 운이 좋아질까요?

A. 적응의 시간을 의미하기 때문에 주변상황이 변화해야만 금전 운이 좋아질 수 있다는 뜻이 됩니다. 혼자서 노력한다고 바뀔 수 있는 상황은 아닙니다.

Q. 그(또는 그녀)가 나를 사랑할까요?

A. 상대방이 나를 좋아하면 나도 좋아해야지 하고 생각한다면 상대방을 좋아하는 것이 아닙니다. 상대방도 같습니다. 호감이 없는 것은 아니지만 아주 좋아하는 것은 아닙니다.

Q. 시험에 합격할까요?

A. 결과를 향한 기준에는 적합합니다. 시험을 볼 자격이 없거나 준비가 부족한 것은 아닙니다. 스스로 포기하지 않는다면 합격할 수 있을 것입니다.

Q. 새로운 인연이 생길까요?

A. 인연은 많지만 자신의 것이 아닐 수 있습니다. 인연은 짧은 찰나 같아서 바로 손에 쥐지 않으면 사라집니다. 망설이고 고민하는 사이에

바람에게 빼앗기지 않으려면 일단은 잡아야 합니다. 그래야 내 것이 됩니다.

Q. 나는 무엇을 하면 좋을까요?

A. 무엇을 할 수 있는 시기가 아닌 것은 맞습니다. 주변상황을 살펴하고 과거의 문제점을 되짚어보는 검토의 시기이기 때문입니다. 이런 시기는 보통 배움의 시기로 활용하는 것이 좋습니다. 학원에 등록하세요!

Q. 관계를 회복할 수 있을까요?

A. 잘잘못을 가린다면 관계는 회복되지 않습니다. 내 잘못은 인정하고 상대방의 잘못은 모른척하면 호감을 되찾을 수 있습니다. 장님인 척, 바보인 척 해야 합니다.

Q. 끝낼 수 있을까요?

A. 끝내고 나서 일어날 상황에 대한 점검이 끝났다면 할 수 있습니다. 의외의 상황이 벌어졌을 때 결정을 바꾸지 않으면 됩니다. 조심성이 많은 것이 때로는 방해가 될 수 있는데 바로 이런 때를 말합니다.

IX. Hermit 은둔자

Q. 나는 재능이 있을까요? Q. 사람들은 나를 믿을까요? Q. 잘 될까요? Q. 내가 잘못한 것일까요? Q. 하고 싶은 것이 있는데 해도 될까요? Q. 언제쯤 금전 운이 좋아질까요? Q. 그(또는 그녀)가 나를 사랑할까요? Q. 시험에 합격할까요? Q. 새로운 인연이 생길까요? Q. 나는 무엇을 하면 좋을까요? Q. 관계를 회복할 수 있을까요? Q. 끝낼 수 있을까요?

Q. 나는 재능이 있을까요?

A. 자신의 경험을 언어로 표현할 수 있는 재능을 가지고 있습니다. 혼자서 작업하는 시, 소설 등의 창작분야에 종사한다면 재능을 발휘할 수 있을 것입니다.

Q. 사람들은 나를 믿을까요?

A. 당신이 가진 과거의 나쁜 경험이 사람에 대한 경계심을 만들었습니다. 긴장하고 있으면 상대방도 불편하게 느끼게 됩니다. 내가 타인을 믿지 않는 것이 문제입니다. 의심이 가겠지요. 상대방은 특별한 생각이 없는 상태랍니다.

Q. 잘 될까요?

A. 이 고비만 넘기면 잘 될 것입니다. 지금이 가장 힘들고 어려운 시기입니다. 아마도 포기하고 싶은 마음이 클 것입니다. 이겨내야 합니다.

Q. 내가 잘못한 것일까요?

A. 가장 큰 잘못은 등을 돌려 떠나버린 것입니다. 상황을 포기하는 순간 모든 사람을 배신한 것입니다. 배신당한 것이 아닙니다.

Q. 하고 싶은 것이 있는데 해도 될까요?

A. 생각을 바꾸진 않겠지만 바꾸는 것을 추천해드립니다. 성공확률이 높지 않습니다. 모험을 할 때는 아닙니다. 하고 싶다면 또 다른 때를 기다려야 합니다.

Q. 언제쯤 금전운이 좋아질까요?

A. 시간상으로는 얼마 지나지 않아 좋아질 것입니다. 황금기가 오래 지속되도록 하려면 좋은 시기에 저축해야 합니다. 금전 운은 항상 바뀌기 때문입니다.

Q. 그(또는 그녀)가 나를 사랑할까요?

A. 상처받은 마음에 외면하고 싶지만 헤어지기에는 미련이 남아 궁금한 것이라면 말씀드리지요. 상대방은 사랑보다 현실이 우선입니다. 선택을 요구하면 버림받게 될 수도 있습니다.

Q. 시험에 합격할까요?

A. 합격할 것입니다. 시험이라는 것은 기칠운삼氣七運三이라고 합니다. 자신이 충분한 준비를 하고 자신감을 가지는 것이 칠이요. 때가 되어 하늘이 기다렸다는 듯이 도와주는 것이 삼이라는 뜻입니다. 곧 때가 될 것입니다.

Q. 새로운 인연이 생길까요?

A. 지나간 인연에 대한 미련이나 원망이 남아있다면 어렵습니다. 사람의 마음은 마음대로 되지 않아 훌훌 털어버리기가 힘이 들 것입니다. 급하게 생각할 필요는 없습니다. 연애에도 휴식기가 필요하답니다.

Q. 나는 무엇을 하면 좋을까요?

A. 과거로 돌아가지 않도록 노력해야 합니다. 같은 상황이 반복되는 것은 비슷한 행동을 하기 때문입니다. 달라져야 합니다. 생각과 반대로 해보면 어떨까요?

Q. 관계를 회복할 수 있을까요?

A. 이미 포기한 것을 회복한다는 것은 새로 시작하는 것 보다 어렵습니다. 깨어진 기간 동안의 상처와 감정이 남아있기 때문입니다. 다시 얻기 위해서는 더 큰 상처를 견뎌야 할 것입니다.

Q. 끝낼 수 있을까요?

A. 마지막까지 버틴다면 끝낼 수 있습니다. 흔들려서는 안 됩니다. 나쁜 일이 생기고 방해자가 강해질수록 끝이 가깝다는 뜻입니다. 할 수 있습니다.

X. Fortune 운명의 수레바퀴

Q. 나는 재능이 있을까요? Q. 사람들은 나를 믿을까요? Q. 잘 될까요? Q. 내가 잘못한 것일까요? Q. 하고 싶은 것이 있는데 해도 될까요? Q. 언제쯤 금전 운이 좋아질까요? Q. 그(또는 그녀)가 나를 사랑할까요? Q. 시험에 합격할까요? Q. 새로운 인연이 생길까요? Q. 나는 무엇을 하면 좋을까요? Q. 관계를 회복할 수 있을까요? Q. 끝낼 수 있을까요?

Q. 나는 재능이 있을까요?

A. 당신은 직감이 강하고 눈치가 빠른 편입니다. 이것은 타고난 본능적인 감각으로 어떤 일을 하더라도 도움이 될 것입니다.

Q. 사람들은 나를 믿을까요?

A. 지금은 믿음을 받는 시기 입니다. 때와 상황에 따라 다른 사람들의 태도 때문에 믿음을 얻지 못한다는 불만을 가질 수도 있습니다. 타인에게 받는 믿음은 일의 결과에 따라 달라진 다는 것을 기억해야 할 것입니다.

Q. 잘 될까요?

A. 잘 될 거라고 흥분하는 주변 사람들이 이상하고 어색하게 느껴질 수 있습니다. 주변의 긍정적인 기운이 좋은 결과를 부른다는 것을 기억해주세요.

Q. 내가 잘못한 것일까요?

A. 운과 상황 때문입니다. 큰 잘못을 한 것은 아닙니다. 시간이 지나면 모든 것이 드러나고 실추된 명예를 회복하게 될 것입니다.

Q. 하고 싶은 것이 있는데 해도 될까요?

A. 시기와 때가 맞았으니 해야 할 때입니다. 이전에는 생각지도 못한 일을 새롭게 계획하고 있다면 운명의 힘이 작용하고 있기 때문입니다. 이것은 기회입니다. 잡는다면 좋은 결과를 만나게 될 것입니다.

Q. 언제쯤 금전 운이 좋아질까요?

A. 운이 나빠서 돈이 부족한 것은 아닙니다. 금전 운은 나쁘지 않은 상태입니다. 부족하다고 느낀다면 주변의 객관적인 평가를 받아 볼 필요가 있습니다. 문제는 금전 운이 아닐지도 모릅니다.

Q. 그(또는 그녀)가 나를 사랑할까요?

A. 그(또는 그녀)는 당신의 정해진 짝이고 운명이니 걱정하거나 의심하지 않아도 됩니다. 최고의 사랑은 서로가 아낌없이 주고받는 사랑입니다. 운명적인 사랑이 그런 것입니다.

Q. 시험에 합격할까요?

A. 오래 기다리던 때가 바로 지금입니다. 시험에는 합격할 것입니다. 합격은 시작입니다. 합격이 바탕이 되어 새로운 일들을 경험하게 될 것입니다.

Q. 새로운 인연이 생길까요?

A. 운명이 새로운 인연을 준비하고 있습니다. 이전에 만난 사람과 비슷한 사람과 만나게 될 수 있습니다. 잊혀진 기억 속에 완성되지 못한 인연이 남아있습니까?

Q. 나는 무엇을 하면 좋을까요?

A. 오래 고민을 하거나 망설이지 말고 지금 생각나는 바로 그 일을 하면 됩니다. 예전에 했던 일이나 하고 싶었지만 하지 못했던 일을 할 수 있는 기회입니다. 나중에 후회하지 않도록 도전해 보는 것을 권해드립니다.

Q. 관계를 회복할 수 있을까요?

A. 나의 사람들은 결국 돌아오게 됩니다. 내가 원하고 기다림을 멈추지 않는다면 내 앞에 나타나게 됩니다. 그것이 운명적인 끈을 가진 관계입니다.

Q. 끝낼 수 있을까요?

A. 모든 것에는 시작과 끝이 있습니다. 운명은 하나로 이어져 있어, 시간이 지나면 처음 그 순간으로 되돌아가게 됩니다. 끝내거나 다시 시작하거나 선택할 수 있습니다. 끝내기로 마음먹었다면 끝이 될 것입니다.

XI. Strength 힘

Q. 나는 재능이 있을까요? Q. 사람들은 나를 믿을까요? Q. 잘 될까요? Q. 내가 잘못한 것일까요? Q. 하고 싶은 것이 있는데 해도 될까요? Q. 언제쯤 금전 운이 좋아질까요? Q. 그(또는 그녀)가 나를 사랑할까요? Q. 시험에 합격할까요? Q. 새로운 인연이 생길까요? Q. 나는 무엇을 하면 좋을까요? Q. 관계를 회복할 수 있을까요? Q. 끝낼 수 있을까요?

Q. 나는 재능이 있을까요?

A. 당신이 가진 가장 특별한 재능은 순발력입니다. 한 번에 힘을 사용할 수 있기 때문에 지는 일보다는 이기는 일이 많습니다. 스포츠나 환율, 주식거래, 도박 등에 재능을 가지고 있을 가능성이 있습니다.

Q. 사람들은 나를 믿을까요?

A. 믿는 것이 아니라 참아내고 있는 중입니다. 지금 억압당하고 눌려 있는 사람들은 언젠가는 힘을 길러 상황을 바꾸려고 할 것입니다. 그때야 알게 될 것입니다. 믿음은 강요할 수 없습니다.

Q. 잘 될까요?

A. 단시간이 필요한 일은 잘 해낼 수 있습니다. 힘이 넘치고 의욕이 충만합니다. 자신감이 넘치고 있을 때 재빨리 해내면 됩니다.

Q. 내가 잘못한 것일까요?

A. 상대방은 억울하게 당했다고 생각하고 있지만 객관적으로 봤을 때 잘못은 없습니다. 당신은 해야 할 일을 한 것 뿐입니다.

Q. 하고 싶은 것이 있는데 해도 될까요?

A. 주변의 반대가 있을 것입니다. 어려운 일이고 최선의 노력을 다 해야 가능성이 높아집니다. 대부분의 경우 시간과 노력을 얼마나 들였느냐에 따라 결과가 달라집니다.

Q. 언제쯤 금전 운이 좋아질까요?

A. 이제야 돈의 흐름을 이해하기 시작한 상황입니다. 금전 운은 한두 달 내로 좋아질 예정입니다. 상황을 판단하고 계획대로 움직이면 금전 운은 쓸만한 상태를 유지하게 될 것입니다.

Q. 그(또는 그녀)가 나를 사랑할까요?

A. 그(또는 그녀)의 감정은 사랑보다는 집착에 가깝습니다. 소유욕은 지나치면 관계에 좋지 못한 영향을 줄 수 있습니다. 그러나 연애 초기에는 이러한 감정이 관계가 발전하는데 도움이 될 수 있습니다. 사랑으로 향하는 과정의 하나입니다.

Q. 시험에 합격할까요?

A. 시험의 압박에 무너지지 않는다면 합격할 수 있습니다. 모든 것은 조절의 문제입니다. 적당히 하는 것이 중요합니다. 몸의 상태나 공부의 일정을 조정하는 것 모두 적정선을 유지하는 것이 중요합니다.

Q. 새로운 인연이 생길까요?

A. 이것은 겹치기 연애를 뜻하는 상황이기 때문에 애인이 있다고 하더라도 새로운 인연이 생긴다는 뜻입니다. 현재 사귀고 있는 사람이 없다면 두 명이 한꺼번에 생기게 될 수도 있습니다.

Q. 나는 무엇을 하면 좋을까요?

A. 현재로서는 포기하지 말고 끝까지 가는 것이 최선입니다. 멈춘다면 모든 것이 무너져 내릴 것입니다. 지금까지 해온 일들이 모두 헛고생이 됩니다. 어깨를 짓누르는 상황의 무게를 버텨내야 합니다.

Q. 관계를 회복할 수 있을까요?

A. 관계는 회복될 수 있지만 지나간 시간동안 만들어진 마음의 찌꺼기는 사라지지 않을 것입니다. 어쩔 수 없는 선택이었다고 해도 당한사람은 잊지 못하는 법입니다.

Q. 끝낼 수 있을까요?

A. 끝내는 것은 간단합니다. 목표에 집중하고 꼭 해야 찾아내 반복하면 일은 끝나게 됩니다. 쉽지만 쉽지 않은 일입니다. 생각이 방해가 될 수 있습니다.

XII. Hanged Man 매달린 남자

Q. 나는 재능이 있을까요? Q. 사람들은 나를 믿을까요? Q. 잘 될까요? Q. 내가 잘못한 것일까요? Q. 하고 싶은 것이 있는데 해도 될까요? Q. 언제쯤 금전 운이 좋아질까요? Q. 그(또는 그녀)가 나를 사랑할까요? Q. 시험에 합격할까요? Q. 새로운 인연이 생길까요? Q. 나는 무엇을 하면 좋을까요? Q. 관계를 회복할 수 있을까요? Q. 끝낼 수 있을까요?

Q. 나는 재능이 있을까요?

A. 사물의 근본을 향해 끝까지 파헤치는 집중력을 가지고 있습니다. 남들이 하지 않아 특별하고 취향에 맞는 분야를 선택한다면 최고의 전문가가 될 때까지 노력할 것 입니다.

Q. 사람들은 나를 믿을까요?

A. 사람들의 믿음과 지지를 받고 있다고 생각하면 행복하게 일할 수 있겠지만 현실은 반대입니다. 사람들은 큰 기대를 하고 있지 않습니다.

Q. 잘 될까요?

A. 스승이 없고 선배가 없는 일을 한다면 걱정이 앞서겠지만 시작을 준비하는 과정이 어렵지 진행과정은 순탄할 것입니다. 경쟁자가 적기 때문입니다. 잘 될 것입니다.

Q. 내가 잘못한 것일까요?

A. 그만 두었다면 잘못입니다. 그만두지 않았다면 당신의 잘못이 아닙니다.

Q. 하고 싶은 것이 있는데 해도 될까요?

A. 더 이상 마음대로 하는 것은 위험합니다. 앞에는 절벽 뒤에는 폭포의 상황. 시작한다면(시작했다면)누구에게도 도움을 받을 수 없다는 것을 기억하세요.

Q. 언제쯤 금전 운이 좋아질까요?

A. 기다리고만 있는 다고 재정상태가 회복되는 것은 아닙니다. 돈을 받을 곳이 있다고 해도 지금은 다른 방도를 찾아야 합니다. 취직을 하거나 아르바이트를 하는 것도 좋습니다. 이대로라면 파산할지도 모릅니다.

Q. 그(또는 그녀)가 나를 사랑할까요?

A. 확실히 사랑의 형태중 하나입니다. 이것은 일방적인 한쪽의 사랑으로 균형을 갖춘 사랑은 아닙니다. 사랑하고 매달리고 있는 한 사람은 언젠가는 포기하게 됩니다. 사랑은 둘이 되어야 완벽해 지기 때문입니다.

Q. 시험에 합격할까요?

A. 이대로 노력한다면 합격하게 될 것입니다. 기간으로 보면 장기전을 뜻하기 때문에 단번에 합격하거나 짧은 기간을 준비해서 되는 것은 아니지만 충분한 시간동안 노력하면 합격한다는 뜻입니다.

Q. 새로운 인연이 생길까요?

A. 미련을 뜻하는 대표적인 카드입니다. 스스로의 손과 발을 묶어 시작할 수 없도록 만드는 것은 자신입니다. 아무도 방해하고 있지 않습니다. 내려놓아야 새로운 인연과 이어지게 됩니다.

Q. 나는 무엇을 하면 좋을까요?

A. 모든 것을 내려놓아야 합니다. 아직 완전히 벗어나지 못했기 때문에 혼돈스러운 것입니다. 돌아가지도 떠나지도 못한 상태입니다. 벗어나는 것이 우선입니다. 과거에서 완전히 떠나야 시작할 수 있습니다.

Q. 관계를 회복할 수 있을까요?

A. 아주 어렵지만 불가능한 일은 아닙니다. 자연스럽게 회복되는 것은 아니지만 완전히 인연이 끊어진 것도 아닙니다. 마음을 전달하는 것만을 목표로 삼으면 가능합니다. 과정이 힘들어 그만두고 싶어질 것입니다. 그만두지 않고 노력해야 관계를 회복할 수 있습니다.

Q. 끝낼 수 있을까요?

A. 끝내고 싶다면 지금이 좋은 때라고 볼 수 있습니다. 문제는 끝내고 싶다는 확고한 마음이 없다는 점입니다.

XIII. Death 죽음

Q. 나는 재능이 있을까요?

A. 이기는 재능을 가지고 있습니다. 경쟁자가 있어 누군가를 이기는 것이라면 승자가 될 것입니다. 반대로 선구자가 되는 것은 힘듭니다. 경쟁자가 없으면 의지가 생기지 않기 때문입니다.

Q. 사람들은 나를 믿을까요?

A. 믿는 것이 아니라 같이하고 싶지 않기 때문에 떠맡긴 것입니다. 좋은 결과를 이끌어 낸다고 해도 진심으로 축하하는 사람은 없을지도 모릅니다.

Q. 잘 될까요?

A. 결과와 상관없이 최선은 다 한 것에 만족해야 할 것입니다. 시간은 다 되었고 할일도 끝나갑니다. 노력했으나 이익은 내 것이 아닙니다.

Q. 내가 잘못한 것일까요?

A. 책임져야 하는 상황인 것은 맞습니다. 잘못을 하지 않았어도 책임져야 할 때도 있습니다. 그 자리에 있었기 때문입니다.

Q. 하고 싶은 것이 있는데 해도 될까요?

A. 하고 있는 일을 중단하고 새로 시작하는 것은 위험 합니다. 중단해 버린 일이 새로 시작하는 것을 방해할 것입니다. 방해받고 싶다면 깔끔하게 처리해야 합니다. 그만 두더라도 깨끗하게 마무리 하는 것이 시작보다 먼저입니다.

Q. 언제쯤 금전 운이 좋아질까요?

A. 어려운 시기가 끝나가는 중입니다. 이제 금전운의 상승세가 시작될 것입니다. 마지막 하락의 시기가 끝나야 상승하게 됩니다. 이제 견뎌온 기간의 십 분지 일이 남았습니다.

Q. 그(또는 그녀)가 나를 사랑할까요?

A. 사랑은 끝났다고 보아야 합니다. 누군가는 마음을 내려놓은 상태입니다. 누가 먼저인가는 중요한 것이 아닙니다. 서로의 마음이 이제는 하나가 아닙니다.

Q. 시험에 합격할까요?

A. 시험결과와 상관없이 더 이상 공부를 지속하지 않게 될 것입니다. 이것은 환경적인 조건이 바뀌는 것으로 합격을 원한다면 이번이 마지막 기회입니다.

Q. 새로운 인연이 생길까요?

A. 새 인연을 원하는 건지, 이전사람과 비슷한 사람을 원하는 건지 확실히 해야 합니다. 다른 사람이라면 만날 수 있습니다. 잡는다면 연애가 진행 될 것입니다.

Q. 나는 무엇을 하면 좋을까요?

A. 해야 할 일이 너무 많은 상황입니다. 가장 빨리 끝낼 수 있는 일부터 해야 합니다. 다음은 가장 오래된 일입니다. 새롭게 일어난 신기한 일은 가장 마지막에 처리하는 것입니다.

Q. 관계를 회복할 수 있을까요?

A. 관계를 회복할 마음이 없는 것이 문제입니다. 이미 끝났다는 생각을 반복한다면 상황이 바뀌어 손 댈 수 없을 만큼 관계가 망가지게 됩니다. 이미 늦었는지도 모르겠습니다.

Q. 끝낼 수 있을까요?

A. 항상 끝내고 싶던 일입니다. 이미 손을 떠났다고 생각하지만 주변에서는 아직 아니라며 마음을 불편하게 합니다. 그러나 끝난 것이 맞습니다.

XIV. Temperance 절제

Q. 나는 재능이 있을까요? Q. 사람들은 나를 믿을까요? Q. 잘 될까요? Q. 내가 잘못한 것일까요? Q. 하고 싶은 것이 있는데 해도 될까요? Q. 언제쯤 금전 운이 좋아질까요? Q. 그(또는 그녀)가 나를 사랑할까요? Q. 시험에 합격할까요? Q. 새로운 인연이 생길까요? Q. 나는 무엇을 하면 좋을까요? Q. 관계를 회복할 수 있을까요? Q. 끝낼 수 있을까요?

Q. 나는 재능이 있을까요?

A. 여러 사람을 하나로 모으는 재능이 있습니다. 특히 의견조율에 강하기 때문에 정부 관료가 되거나 정치를 하는데 어울리는 재능입니다.

Q. 사람들은 나를 믿을까요?

A. 타인의 믿음은 얻을 수 있습니다. 혹시 스스로를 믿지 못하는 것은 아닌가요? 마음이 흔들리고 있는 것은 의심받고 있기 때문은 아닙니다. 원인은 자신입니다.

Q. 잘 될까요?

A. 처음부터 안전하고 오래 걸리는 길을 선택했기 때문에 금방 되는 것은 아닙니다. 그러나 실패할 만한 일도 아닙니다.

Q. 내가 잘못한 것일까요?

A. 엄밀히 따진다면 모두에게 잘못이 있습니다. 그런데 누가 사건의 도화선인가 생각해 보면 원인이 되기 때문에 원망을 들을 수도 있습니다. 의도한 것이 아니라고 해도 현재의 상황은 그러합니다.

Q. 하고 싶은 것이 있는데 해도 될까요?

A. 금전적으로는 아슬아슬하지만 문제가 생기지 않도록 버텨낼 수는 있을 것입니다. 더 좋은 시기도 있지만 지금이어야 한다고 생각한다면 시작하세요. 나쁘지 않습니다.

Q. 언제쯤 금전 운이 좋아질까요?

A. 지금은 여유가 많지 않은 상황이지만 시간이 지나면 나아집니다. 수익률이 높은 위험한 직업에 종사하고 있는 것이 아니기 때문에 한꺼번에 바뀌지 않고 금전 운이 천천히 상승하게 됩니다.

Q. 그(또는 그녀)가 나를 사랑할까요?

A. 이것은 친구와 연인사이에 중간에 놓인 상황이나 관계를 말하고 있습니다. 오랫동안 같은 상태가 지속되었기 때문에 변화를 만들기가 어렵습니다. 혹시나 관계가 깨질까 두려워하고 있는 것은 아닌가요?

Q. 시험에 합격할까요?

A. 시험에 합격하기까지의 단계를 10단계로 나눈다면 지금은 절반을 넘은 6이나 7정도의 위치에 서 있다고 보아야 합니다. 이번이 아니면 다음기회가 있습니다.

Q. 새로운 인연이 생길까요?

A. 새로운 인연은 원해야 생깁니다. 지금은 이성관계이외의 일에 푹 빠져있습니다. 이성친구가 없다고 불행한 것이 아니라면 다음을 기약합시다.

Q. 나는 무엇을 하면 좋을까요?

A. 지금 하고 있는 일이 최선입니다. 귀가 얇아 다른 사람들의 성공이나 충고에 지나치게 흔들리는 것이 문제입니다. 심사숙고해서 결정한 지금의 일을 쉽게 포기한다면 후회하게 될 것입니다.

Q. 관계를 회복할 수 있을까요?

A. 아슬아슬한 긴장감은 지속될 것입니다. 편안한 관계가 되려면 많은 시간이 필요합니다. 나중이 되더라도 이전과 같지는 않습니다. 관계가 끝나버리지 않은 것에 감사해야 합니다.

Q. 끝낼 수 있을까요?

A. 끝내기는 어렵습니다. 나중에 후회하지 않을까 고민하느라 시간을 질질 끌고 있는 중입니다. 마무리는 단번에 해내야 하는 법입니다.

XV. Devil 악마

Q. 나는 재능이 있을까요?

A. 타고난 매력을 가진 것이 재능입니다. 매력을 발산 할 수 있는 여러 가지 직업에 종사한다면 능력을 더욱 키워나갈 수 있을 것입니다.

Q. 사람들은 나를 믿을까요?

A. 사람들이 당신을 믿는 것이 아니라 당신에게 홀려있다고 보는 편이 맞겠습니다. 사람들이 정신을 차리기 전에 빨리 상황을 마무리 짓는 것이 낫겠습니다. 시간이 중요합니다.

Q. 잘 될까요?

A. 내가 주도적인 일이라면 괜찮습니다. 반대로 다른 사람이 주도적인 일이라면 빠질 수 있는 마지막 기회입니다. 반드시 그만 두어야 합니다. 잘 되더라도 내 것이 아니기 때문입니다.

Q. 내가 잘못한 것일까요?

A. 알고 있으면서 우긴다고 달라지는 것은 없습니다. 잘못을 잘 알고 있으면서 억울한 척 한다면 미움을 받게 될 것입니다. 솔직해져야 합니다.

Q. 하고 싶은 것이 있는데 해도 될까요?

A. 실패를 두려워하지 않는다면 해도 됩니다. 주변상황을 고려하지 않는다면 고민할 이유도 없습니다. 지지자가 없다는 것은 당신에게 문제가 되지 않습니다. 돈은 없다가도 생기는 것입니다.

Q. 언제쯤 금전 운이 좋아질까요?

A. 간단합니다. 쓰지 않으면 됩니다. 수입이 적은 것이 아니라 적은 돈을 자주 쓰고 있기 때문에 티가 나지 않는 것뿐입니다. 사랑하는 것이 너무 많습니다. 줄여주세요.

Q. 그(또는 그녀)가 나를 사랑할까요?

A. 사랑이 큰 쪽이 질문자인 경우가 많습니다. 그러나 실망할 필요가 없습니다. 그 (또는 그녀)는 당신만을 바라보고 있습니다. 사랑한다는 뜻입니다.

Q. 시험에 합격할까요?

A. 시험만 준비하고 있다면 합격할 수 있지만 시험 준비 말고 다른 것을 함께하고 있다면 어렵습니다. 여러 가지 일을 한꺼번에 할 수 있는 재능이 있는 것은 아닙니다. 아무것도 하지 말고 시험준비에 전념해야 합니다.

Q. 새로운 인연이 생길까요?

A. 간절히 원하고 있다면 생길 수 있습니다. 시기도 좋아 평생의 인연으로 느껴지는 좋은 사람을 만날 수 있는 운입니다. 어쩌면 한 눈에 반할지도 모르겠습니다.

Q. 나는 무엇을 하면 좋을까요?

A. 다른 사람들의 기준으로 볼 때 황당한 일, 특이한 일을 하면 좋습니다. 지금은 현실에서 벗어나야 할 때입니다. 기분전환이 되는 일을 하는 것이 성격에도 맞고 새로운 재능을 찾을 수 있는 기회가 될 것입니다.

Q. 관계를 회복할 수 있을까요?

A. 정말 오래 기다릴 수 있다면 회복할 수 있습니다. 수년을 기다릴 수 있다면 가능하지만 기다릴 수 없다면 불가능합니다. 잠시 회복된 것처럼 보여도 얼마 지나지 않아 불편한 상황이 될 테니까요.

Q. 끝낼 수 있을까요?

A. 끝낼 수 없습니다. 어쩌면 지금의 상황을 즐기고 있는지도 모르겠습니다. 끝내고 싶은 마음이 없으니 상황은 계속 될 것입니다. 반대로 끝내고 싶지 않은 사람들 사이에 홀로 놓여있는 경우도 일은 끝나지 않습니다.

XVI. Tower 흔들리는 탑

Q. 나는 재능이 있을까요? Q. 사람들은 나를 믿을까요? Q. 잘 될까요? Q. 내가 잘못한 것일까요? Q. 하고 싶은 것이 있는데 해도 될까요? Q. 언제쯤 금전 운이 좋아질까요? Q. 그(또는 그녀)가 나를 사랑할까요? Q. 시험에 합격할까요? Q. 새로운 인연이 생길까요? Q. 나는 무엇을 하면 좋을까요? Q. 관계를 회복할 수 있을까요? Q. 끝낼 수 있을까요?

Q. 나는 재능이 있을까요?

A. 누구보다 강한 전투력이 있습니다. 상대방이 완전히 무너질 때까지 멈추지 않는 에너지가 바탕에 있습니다. 조직에 속해서 함께 일하는 것이 아닌 개개인이 각자 경쟁하는 일을 추천합니다.

Q. 사람들은 나를 믿을까요?

A. 지나온 과거가 사람들이 당신을 믿지 못하게 합니다. 이번만은 다르다는 말은 통하지 않습니다. 사람들은 성공을 바라지만 도와주고 싶어 하지 않습니다.

Q. 잘 될까요?

A. 그동안 포기했던 일의 나쁜 결과를 되짚어 보며 불안 해 하지 않기를 바랍니다. 이번 일은 또 다른 새로운 일입니다. 끝까지 하면 잘 될 것입니다.

Q. 내가 잘못한 것일까요?

A. 다수와 다른 선택을 하면 때에 따라 잘못이라고 질타 받는 경우가 생깁니다. 타인의 기준으로 보면 그러합니다. 스스로의 부끄러움이 없

으면 됩니다.

Q. 하고 싶은 것이 있는데 해도 될까요?

A. 모든 것을 포기하고 하고 싶은 일이라면 지금이 아니라고 해도 나중에 하게 될 것입니다. 그러나 지금 시작한다면 지금 가진 모든 것을 걸어야 합니다. 실패한다면 아무것도 남지 않을 것입니다.

Q. 언제쯤 금전 운이 좋아질까요?

A. 현재는 하락세가 지속될 예정입니다. 타인의 조언을 듣지 않는 독불장군으로 지낸다면 어려움이 계속될 것입니다. 주변의 조언을 귀를 열고 받아들여야 상황이 바뀌게 될 것입니다.

Q. 그(또는 그녀)가 나를 사랑할까요?

A. 모든 것을 걸고 사랑하는 것은 당신 쪽입니다. 내 생활을 버리고 친구를 버리고 그 사람에게만 매달린다고 사랑을 얻게 되는 것은 아닙니다. 서로의 마음에 균열이 생긴 것일지도 모릅니다. 시간이 지나면 상황은 해결됩니다.

Q. 시험에 합격할까요?

A. 시험에만 매달리기에는 상황이 어렵습니다. 현재의 어려운 상황을 해결하는 것이 먼저입니다. 준비를 하고 다시 도전하면 합격할 수 있을 것입니다.

Q. 새로운 인연이 생길까요?

A. 복잡한 기분을 전환하려고 이성을 만나고 싶은 것이라면 그러한 목적을 상대방도 느낄 수 있습니다. 연애는 간식꺼리나 심심풀이가 아

닙니다. 지금은 짧게 스쳐가는 인연만이 가능합니다. 상처만 받게 될 수 있습니다.

Q. 나는 무엇을 하면 좋을까요?

A. 아직은 시작을 할 수 있는 준비가 되어있지 않습니다. 지금은 지켜봐야 할 시기입니다. 때가 될 때까지 모든 것을 놓고 포기하지 않는 굳건한 마음이 필요한 시기입니다.

Q. 관계를 회복할 수 있을까요?

A. 사람과 사람의 관계는 쏟아진 물과 같아서 완전히 망가지면 되돌릴 수 없습니다. 되돌리기엔 너무 늦었습니다. 시간이 많이 지나면 사과의 기회는 주어집니다.

Q. 끝낼 수 있을까요?

A. 끝나는 순간이 기다려질 정도로 힘이 들지도 모르겠습니다. 거의 다 끝났습니다. 시간은 금세 지나갈 것입니다.

XVII. Star 별

Q. 나는 재능이 있을까요?

A. 기록을 바탕으로 예측하는 것에 재능이 있기 때문에 관측, 예고, 도서관과 관련된 일에 종사한다면 재능을 발휘할 수 있을 것입니다.

Q. 사람들은 나를 믿을까요?

A. 거짓말을 하거나 부풀려 말하지 않기 때문에 신뢰하는 편입니다. 어울리지 않는 장난은 치지 않는 편이 좋겠습니다. 당신의 농담은 진담으로 들리니까요.

Q. 잘 될까요?

A. 행운의 별이 머리위에 있다고 해도 모든 것이 잘 되는 것은 아닙니다. 최소한의 노력을 잊지 않는다면 결과는 좋을 것입니다.

Q. 내가 잘못한 것일까요?

A. 잘못한 것은 아니지만 오해하도록 내버려두면 나중에 사과를 받게 될 것입니다. 지금은 증명하려고 하면 속이 비좁은 사람이 될 뿐입니다. 시간이 해결해 줍니다.

Q. 하고 싶은 것이 있는데 해도 될까요?

A. 오랫동안 고민한 일이라면 이제 시간이 되었으니 행동으로 옮길 때 입니다. 좋은 시기는 자주 오는 것이 아닙니다. 시기를 놓치면 나중에 후회하게 될 것입니다. 고민에 시간을 낭비하지 말고 움직여야 합니다.

Q. 언제쯤 금전 운이 좋아질까요?

A. 안정된 것은 아니지만 좋은 시기와 나쁜 시기가 반복되고 있기 때문에 예상이 가능합니다. 예상 하고 있는 시기부터 좋아지게 될 것입니다.

Q. 그(또는 그녀)가 나를 사랑할까요?

A. 짝사랑을 뜻하지만 시간이 지나면 서로 사랑하게 될 가능성을 가지고 있습니다. 포기하지 않고 노력하면 그 마음이 답이 되어 돌아올 것입니다.

Q. 시험에 합격할까요?

A. 그동안 운이 나빠서 커트라인 바로 아래에서 실패를 맛보았다면 이번에는 상황이 다를 것입니다. 노력한 것 보다 조금 더 좋은 결과가 기다리고 있습니다. 확실히 하기 위해서 마지막까지 노력해야 합니다.

Q. 새로운 인연이 생길까요?

A. 아직 이전 사랑의 흔적이 깨끗이 지워지지 않았습니다. 비슷한 사람만 봐도 마음에 바람이 분다면 새로운 인연을 만나기는 어렵습니다. 정말 힘들다면 연락을 한 번 해보세요. 가벼운 인사정도는 괜찮지 않을까요?

Q. 나는 무엇을 하면 좋을까요?

A. 짧은 시간에 결과를 볼 수 있는 가벼운 일보다는 오랜 시간을 투자해야 하는 장기적인 일을 시작하는 것을 추천합니다. 남들보다 빠른 사람이 아니기 때문에 단거리 경주에서는 승리하기 어려우니까요. 하지만 오래 걸리는 일은 다릅니다. 잘 할 수 있습니다.

Q. 관계를 회복할 수 있을까요?

A. 호시탐탐기회를 엿보고 있다면 금방 시기가 올 것입니다. 긴장을 놓치지 말고 대기해야 합니다. 찰나의 기회가 올 것입니다. 회복할 수 있습니다.

Q. 끝낼 수 있을까요?

A. 거의 끝날 때가 되었습니다. 다만 빨리 발을 빼지 않으면 또 다른 일에 붙들리고 말 것입니다. 신속하고 조용하게 빠져나갈 준비를 시작합시다.

XVIII. Moon 달

Q. 나는 재능이 있을까요?

A. 예술적인 감각을 가지고 있습니다. 기복이 있으나 손끝이 예민하고 사고가 열려있어 창의적인 생각이 넘칩니다. 감정을 조절할 수 있다면 재능을 발전시킬 수 있을 것입니다.

Q. 사람들은 나를 믿을까요?

A. 사람들의 믿음이 당신을 성장시키는 중입니다. 또한 사람들의 기대에 부응하고자 변해가는 중입니다. 앞으로 더 좋은 사람이 될 수 있을 것입니다.

Q. 잘 될까요?

A. 사람들의 기대와 바람을 받고 있으니 떨리는 것은 당연합니다. 잘할 수 있으니까 지지를 받을 수 있습니다. 재능이 있으니까 좋은 결과가 있을 것입니다.

Q. 내가 잘못한 것일까요?

A. 달은 밤의 모든 것을 지켜봅니다. 진실은 결국 드러나게 될 것입니다. 마음의 안정을 위해 알고 싶다면 알려드리지요, 잘못은 아닙니다.

Q. 하고 싶은 것이 있는데 해도 될까요?

A. 쉽게 이루어질 수 있는 일은 아닙니다. 더 중요한 것은 지금 꼭 하고 싶은 일이 딱 하나가 아니란 점입니다. 하나에 집중하면 잘 할 수 있지만 힘을 분산한다면 잘 되지 않을지도 모릅니다.

Q. 언제쯤 금전 운이 좋아질까요?

A. 금방 좋아질 예정이지만 참았던 것이 폭발하면서 너무 많은 돈을 써버려 다시 나빠질 수 있습니다. 스트레스를 돈으로 푸는 것을 참아내야 다시 나빠지는 것을 막을 수 있습니다.

Q. 그(또는 그녀)가 나를 사랑할까요?

A. 사랑을 달에 맹세하면 안 된다는 줄리엣의 대사를 기억하고 있다면 하루에도 열 두 번씩 바뀌는 나의 태도를 바꿀 필요가 있습니다. 달은 상대방이 아니라 자신입니다.

Q. 시험에 합격할까요?

A. 제자리에 앉아 집중력 있게 공부하고 있지 못한 상황을 감안한다면 당연히 가능성은 낮습니다. 불안에 떨며 질문할 시간에 공부합시다!

Q. 새로운 인연이 생길까요?

A. 변화의 달이 떠 있으니 새로운 인연의 가능성은 높습니다. 그러나 의지 또한 계속 변화하고 있기 때문에 실현가능성은 낮습니다. 계속 원한다면 상상속의 사람은 현실이 되어 나타날 수도 있습니다.

Q. 나는 무엇을 하면 좋을까요?

A. 같은 상황이 반복되는 것은 매번 똑같은 선택을 하기 때문입니다.

아무것도 하지 않는 것도 방법입니다. 시간을 천천히 흘려보내면 삶의
주기를 알게 됩니다. 패턴을 아는 것이 중요합니다. 알면 바꿀 수 있습
니다.

Q. 관계를 회복할 수 있을까요?
A. 깨진 관계가 아닙니다. 매번 이렇게 멀어졌다가 돌아오는 그런 시
끄러운 관계입니다. 회복될 것이고 또 싸우게 될 것입니다.

Q. 끝낼 수 있을까요?
A. 다른 사람이나 상황에 의해서 끝났으면 좋겠다고 생각한다면 영
원히 끝나지 않을지도 모릅니다. 운명에 기대서는 안됩니다. 끝내는 것
은 내손으로 해야 합니다.

XIX. Sun 태양

Q. 나는 재능이 있을까요? Q. 사람들은 나를 믿을까요? Q. 잘 될까요? Q. 내가 잘못한 것일까요? Q. 하고 싶은 것이 있는데 해도 될까요? Q. 언제쯤 금전 운이 좋아질까요? Q. 그(또는 그녀)가 나를 사랑할까요? Q. 시험에 합격할까요? Q. 새로운 인연이 생길까요? Q. 나는 무엇을 하면 좋을까요? Q. 관계를 회복할 수 있을까요? Q. 끝낼 수 있을까요?

Q. 나는 재능이 있을까요?

A. 존경과 인정을 받을 만한 인격과 품성을 가지고 있습니다. 스스로 갈고 닦는 노력을 게을리 하지 않는 성실함 또한 중요한 재능입니다.

Q. 사람들은 나를 믿을까요?

A. 모든 사람의 시선이 한 곳을 향하고 있습니다. 한 사람만을 믿는 대중과 마주하는 것은 강심장이 아니면 힘든 일입니다. 불편하다면 내려놓아야 합니다.

Q. 잘 될까요?

A. 정성과 노력이 하나로 모이고 있습니다. 잘 될 것입니다. 이번에는 이변을 걱정하지 않아도 좋습니다. 순리대로 되고 있는 중입니다. 결과는 확실합니다.

Q. 내가 잘못한 것일까요?

A. 잘못한 것이 아닙니다. 잘 한 것입니다. 순리대로 했지만 사람들이 이유를 이해하지 못하고 있을 뿐입니다. 조금만 참으면 됩니다. 알고 나면 태도는 바뀌게 됩니다.

Q. 하고 싶은 것이 있는데 해도 될까요?

A. 충분히 노력한다면 좋은 결과가 있을 것입니다. 세상 모든 일이 그러하듯이 그냥 되는 것은 아닙니다. 원하는 마음이 식어버리지 않는다면 지금 꿈꾸는 것을 이루게 될 것입니다.

Q. 언제쯤 금전 운이 좋아질까요?

A. 현재도 나쁜 운은 아닙니다. 이전과 비교해 보았을 때 나아졌지만 아직 부족하다고 느끼는 것은 아닌가요? 아직 더 상승할 운이 남아있습니다. 조금 더 기다려보세요.

Q. 그(또는 그녀)가 나를 사랑할까요?

A. 영원히 사랑할 것입니다. 떨어져있어도 헤어져도 다시 볼 수 없어도 사랑은 멈추지 않을 것입니다. 그것으로 충분합니다. 손만 내밀면 가질 수 있습니다. 영원히 당신 것입니다.

Q. 시험에 합격할까요?

A. 합격을 기다리는 사람이 너무 많습니다. 오히려 주변의 기대가 마음을 흔들고 있습니다. 내가 원한 것입니다. 초심을 잊지 않는다면 합격할 것입니다.

Q. 새로운 인연이 생길까요?

A. 봄이 오고 환경이 변화합니다. 새로운 삶이 시작되고 신기한 일들이 일어납니다. 새로운 인연도 만나게 됩니다. 일이 바쁜 것은 방해가 될 것입니다. 인연을 만나는 것이 최우선이 되어야 합니다.

Q. 나는 무엇을 하면 좋을까요?

A. 모든 것이 순리대로 돌아가고 있습니다. 하던 일을 놓치지 않고 꾸준히 하면 모든 것을 이루게 됩니다. 태양은 의무와 책임을 다한 자에게 결과를 주는 별입니다. 포기하지 않으면 됩니다.

Q. 관계를 회복할 수 있을까요?

A. 오랜 시간 떨어져 있던 인연이 돌아오는 시기입니다. 갑자기 전화가 오거나 길에서 만나게 됩니다. 어색하지 않게 인사하면 다시 친구가 될 수 있습니다.

Q. 끝낼 수 있을까요?

A. 모든 것을 끝내고 새로 시작할 수 있는 시기입니다. 프로젝트는 완료되고 관계는 정리될 것입니다.

XX. Judgement 심판

Q. 나는 재능이 있을까요?

A. 때가 올 때 까지 쉬지 않고 꾸준히 공부하는 재능을 가지고 있습니다. 현대에서 이런 재능은 여러 가지 시험을 준비하는데 유리합니다.

Q. 사람들은 나를 믿을까요?

A. 아직은 아닙니다. 지금은 사람들이 모르지만 운명은 잘 알고 있습니다. 새로운 모습으로 변화한 당신의 모습에 그들은 깜짝 놀라게 될 것입니다.

Q. 잘 될까요?

A. 이것은 행운의 때입니다. 환경이 조성되고 사람들의 믿음을 얻으며 운명의 도움을 받는 시기 말입니다. 잘 될 수밖에 없습니다. 이런 순간은 흔하지 않습니다.

Q. 내가 잘못한 것일까요?

A. 앞장서야 할 때가 있습니다. 단체에서 모든 사람을 대표하게 된 것이지 직접 잘못을 저지른 것은 아닙니다. 그런 것입니다. 내가 아니라 다른 사람을 위한 위치에 있습니다. 유감을 표하면 됩니다.

Q. 하고 싶은 것이 있는데 해도 될까요?

A. 좋은 때를 만났기 때문에 용기도 생기고 계획도 할 수 있게 된 것입니다. 이전에는 하지 못했던 일들을 할 수 있게 되는 시기입니다. 가능성에 의지가 더해지면 꿈은 현실이 됩니다.

Q. 언제쯤 금전 운이 좋아질까요?

A. 벌써 좋아지고 있습니다. 작고 보잘 것 없던 소득은 고정적이고 충분한 수입이 되어가고 지출도 적정선 한도 내에서 유지되고 있습니다. 이것은 좋은 금전상태 입니다.

Q. 그(또는 그녀)가 나를 사랑할까요?

A. 누군가를 기다린다는 것은 사랑한다는 뜻입니다. 다시 보고 싶고 함께하고 싶어 한다는 뜻이니까요. 당연히 사랑합니다. 오래 기다린 사람에게 달려가 주세요.

Q. 시험에 합격할까요?

A. 합격이 이 카드가 가진 가장 중요한 행운입니다. 이 카드는 좋은 때를 맞이하여 원하는 자리에 도달하게 되는 성공의 카드입니다. 목표를 이루고 지금까지와는 다른 꿈꾸던 자신을 완성하게 될 것입니다.

Q. 새로운 인연이 생길까요?

A. 기다리던 것을 만나게 된다는 뜻이 있기 때문에 새로운 인연이 시작되거나 끝나버린 인연이 다시 돌아온다는 뜻이 됩니다. 어느 쪽을 선택해도 새로운 만남이 시작될 것입니다.

Q. 나는 무엇을 하면 좋을까요?

A. 여러 가지 기회가 주어지면 고민을 하는 것은 당연합니다. 선택의 옵션이 여럿일 수록 결정에 걸리는 시간도 비례해 길어집니다. 답답해 할 필요는 없습니다. 천천히 결정해도 괜찮습니다.

Q. 관계를 회복할 수 있을까요?

A. 손만 내밀어도 다시 예전과 같은 상태가 됩니다. 상대방은 기다리는 중입니다. 아무렇지도 않게 어제 만난 사람처럼 이야기할 수 있습니다.

Q. 끝낼 수 있을까요?

A. 끝낼 때가 되었지만 나의 일이 아닙니다. 결단을 내리고 정리를 해야 하는 것은 다른 사람입니다. 지켜보는 것이 답답하겠지만 끝은 옵니다.

XXI. World 세계

Q. 나는 재능이 있을까요? Q. 사람들은 나를 믿을까요? Q. 잘 될까요? Q. 내가 잘못한 것일까요? Q. 하고 싶은 것이 있는데 해도 될까요? Q. 언제쯤 금전 운이 좋아질까요? Q. 그(또는 그녀)가 나를 사랑할까요? Q. 시험에 합격할까요? Q. 새로운 인연이 생길까요? Q. 나는 무엇을 하면 좋을까요? Q. 관계를 회복할 수 있을까요? Q. 끝낼 수 있을까요?

Q. 나는 재능이 있을까요?

A. 당신은 다양한 재능을 가지고 있습니다. 모든 것이 쉽게 보여 쉽게 시작하지만 금방 싫증을 내는 것이 단점입니다. 오래 할 수 있는 한 가지를 찾기만 하면 됩니다.

Q. 사람들은 나를 믿을까요?

A. 기복이 심한 성격 때문에 믿음을 가지는 사람과 그렇지 않은 사람이 반반씩 존재합니다. 한결같은 믿음을 얻으려면 원칙 있는 행동을 보여야 합니다.

Q. 잘 될까요?

A. 잘 될 때도 있고 아닐 때도 있습니다. 누구에게나 두 가지 가능성이 존재합니다. 지금까지와는 다른 운이 올 것입니다.

Q. 내가 잘못한 것일까요?

A. 모든 일에는 이면이 있습니다. 서로에게 책임을 전가하는 것을 멈추지 않으면 결론이 나지 않습니다. 내 탓이라고 인정하게 되는 상황이 될 수도 있습니다. 이럴 때는 의견을 말 하지 않는 것이 좋습니다.

Q. 하고 싶은 것이 있는데 해도 될까요?

A. 지금은 미래가 확실하게 보장된 때가 아닙니다. 앞으로 어떤 사건이 벌어질지 알 수 없기 때문에 기다려야 합니다. 운명의 방향이 바뀌는 시기가 있습니다. 기다림의 때입니다.

Q. 언제쯤 금전 운이 좋아질까요?

A. 좋은 시기와 나쁜 시기가 번갈아서 교차하는 금전 운을 가지고 있습니다. 환경의 영향을 받기 때문에 주변 사람들에 의해 금전 운이 좌우됩니다. 가장 많은 시간을 보내는 친구나 가족의 행동을 바꿔야 좋아집니다.

Q. 그(또는 그녀)가 나를 사랑할까요?

A. 운명적으로 짝 지워진 관계입니다. 운명이라고 해서 모두 영화나 동화 속에 나오는 사랑 같지는 않습니다. 현실이니까요. 그래도 사랑은 사랑입니다.

Q. 시험에 합격할까요?

A. 시험에 합격할 재능은 있으나 시험이외에도 많은 것을 꿈꾸고 있습니다. 꼭 해야 할 일을 시험 준비로 결정하고 충분한 시간이 지나면 합격하게 될 것입니다.

Q. 새로운 인연이 생길까요?

A. 세상은 인연으로 가득 차 있습니다. 원하는 만큼 새로운 사람을 만날 수 있습니다. 그걸 원한다면 말입니다. 단 한사람의 진짜 인연은 지금은 멀리에 있습니다.

Q. 나는 무엇을 하면 좋을까요?

A. 문제는 할 줄 아는 것이 많다는 점입니다. 할 수 있는 것과 해야 하는 것을 확실히 구분하고 있지 못하기 때문에 고민하게 되는 것입니다. 경험이 있는 일을 선택하면 후회할 가능성은 낮아집니다.

Q. 관계를 회복할 수 있을까요?

A. 운명에 맡겨야 하는 상황입니다. 내 손으로 할일이 없기 때문에 상대방의 결정에 따라야 합니다. 아쉽지만 시간이 지나야 알 수 있습니다. 금방 해결되는 것이 아닙니다.

Q. 끝낼 수 있을까요?

A. 답답한 일이지만 때가 되어야 끝납니다. 모든 단계와 절차를 거쳐야 끝나는 일입니다. 건너뛰거나 단축할 수 있는 방법이 없습니다. 그냥 기다려야 합니다.

●이 책의 저자 칼리는 심리학, 문예창작을 전공하였고
아시아인 최초로 미국 타로카드 자격 인증기관인 TCB(Tarotcertification.org)를 통해
그랜드 마스터(CTGM) 자격을 인증 받았으며 한국 지부장으로 활동하고 있다.

타로 유저들을 위한 종합서로
《왕초보 타로카드》,
《타로카드 길라잡이》,
《타로카드 스프레드》,
《사랑의 기술》,
《베이직 웨이트 타로카드》,
《타로카드 이지라이더》,
《타로카드 에밀라》,
《타로카드 리딩튜터》,
《타로카드 앨리스》,
《타로카드 트릭트릿》,
《타로카드 미스티》를 출판하였다.

이 외에도 현재 창작 타로를 작업 중에 있으며, 타로 교육 및 상담을 병행하고 있다.
타로카드쇼핑몰   www.tarotclub.net
교육 사이트   www.masterkali.com

●일러스트: 최은하(Choi Eunha)
계원조형예술대학 매체예술과 졸업.
2003년~2006년 소설 '마신유희' 표지작업(도서출판 두드림)
오프도시(OFF℃) 주최 제 1회 추락천사 페스티벌 참여.
2009년 월간 아트인컬처 주최 제 1회 동방의 요괴들 선정